A LINGUAGEM
DA PROPAGANDA

A LINGUAGEM DA PROPAGANDA

Vestergaard/Schrøder

Tradução
JOÃO ALVES DOS SANTOS

Martins Fontes
São Paulo 2004

Título original: THE LANGUAGE OF ADVERTISING.
Copyright © Torben Vestergaard and Kim Schrøder, 1985.
Copyright © 1988, Livraria Martins Fontes Editora Ltda.,
São Paulo, para a presente edição.

1ª edição
fevereiro de 1988
4ª edição
junho de 2004

Tradução
JOÃO ALVES DOS SANTOS

Tradução dos textos publicitários
Gilson Cesar Cardoso de Souza
Revisão da tradução
Antonio de Pádua Danesi
Acompanhamento editorial
Ivete Batista dos Santos
Revisões gráficas
Rita de Cassia Sorrocha Pereira
Ivete Batista dos Santos
Dinarte Zorzanelli da Silva
Produção gráfica
Geraldo Alves
Paginação/Fotolitos
Studio 3 Desenvolvimento Editorial

Dados Internacionais de Catalogação na Publicação (CIP)
(Câmara Brasileira do Livro, SP, Brasil)

Vestergaard, Torben
    A linguagem da propaganda / Torben Vestergaard, Kim Schroder ; tradução João Alves dos Santos ; tradução dos textos publicitários Gilson Cesar Cardoso de Souza. – 4ª ed. – São Paulo : Martins Fontes, 2004. – (Coleção biblioteca universal)

Título original: The language of advertising.
Bibliografia.
ISBN 85-336-2001-2

1. Propaganda – Linguagem I. Schroder, Kim. II. Título. III. Série.

04-3457   CDD-659.1014

Índices para catálogo sistemático:
1. Linguagem : Propaganda   659.1014
2. Linguagem publicitária   659.1014
3. Propaganda : Linguagem   659.1014

Todos os direitos desta edição para a língua portuguesa reservados à
Livraria Martins Fontes Editora Ltda.
Rua Conselheiro Ramalho, 330 01325-000 São Paulo SP Brasil
Tel. (11) 3241.3677 Fax (11) 3105.6867
e-mail: info@martinsfontes.com.br http://www.martinsfontes.com.br

ÍNDICE

Ilustrações VII
Agradecimentos IX

CAPÍTULO 1 | Propaganda e sociedade 1
    Que é propaganda? 1
    A propaganda é necessária? 4
    Função da propaganda 9
    Objetivo deste livro 13

CAPÍTULO 2 | Linguagem e comunicação 19
    A mensagem verbal 21
    A mensagem visual 46

CAPÍTULO 3 | Estrutura de um anúncio 71
    A tarefa do publicitário 71
    Dois exemplos 74
    Atenção e interesse 84
    Desejo e convicção 93
    Ação 99

CAPÍTULO 4 | Estratégias de comunicação: sexo e classe 105
    Escolha do público 105
    Homens e mulheres 109
    A mulher como receptora 118
    O homem como receptor 157
    A homens e mulheres: conclusão 165
    As classes como receptoras 167

CAPÍTULO 5 | A propaganda como espelho psicológico 179
    Introdução 179
    Medindo a temperatura ideológica 184
    A utopia da juventude e do lazer 187
    A propaganda como diagnóstico sociopsicológico 189
    Conclusão 214

CAPÍTULO 6 | A ideologia da propaganda 219
    Introdução 219
    Ideologia 223
    Ideologias específicas da propaganda 236
    Propaganda "recuperadora" 253
    Reformar a propaganda? 262

Bibliografia 271

ILUSTRAÇÕES

1 "Olá!" 47
2 Stella Artois 52
3 Red Silk Cut 56
4 Símbolos de fábricas de automóveis 58
5 Avon 64
6 The Kings and Queens Collection 66
7 Dr. White's 72
8 Scottish Widows 80
9 Babette 86
10 Cutex 92
11 Shloer 94
12 Simplicity 106
13 Close-up 114
14 Close-up 116
15 Tao 124
16 Anne French 126
17 Max Factor 130
18 Tampax 136
19 British Gas 140

20 Soft & Gentle	144
21 Vichy Skin Care	148
22 Sally Hansen	150
23 Max Factor	154
24 English Leather Musk	160
25 Rothmans	164
26 Lancôme	168
27 Pyrex	174
28 Estivalia	180
29 Singles Society	190
30 Abbey National	192
31 Pears	200
32 Farmhouse Cheese	204
33 MG	208
34 Ravel Shoes	210
35 Vu	212
36 Londun Line	224
37 Whitbread	234
38 Tampax	248
39 Cabriole	256
40 Smirnoff	260
41 Johnson's Baby Shampoo	264
42 Hoover	268

AGRADECIMENTOS

Os autores e os editores gostariam de agradecer às seguintes entidades, que autorizaram a reprodução de anúncios seus neste livro: A. & F. Pears Limited (fig. 31); Abbey National Building Society (fig. 30); Antonio Puig S. A. e Agencia de Publicidad de Servicios Generales (fig. 28); Associated Press (fig. 1); Austin Rover Group Limited (fig. 33); Avon Overseas Ltd (fig. 5); Babette Exports Limited (fig. 9); Beecham Group (fig. 8); British Gas Corporation (fig. 19); Carreras Rothmans Limited (fig. 25); Chaussures Ravel Limited (fig. 34); Chesebrough-Ponds Ltd (fig. 10); Colgate-Palmolive Limited (fig. 20); Corning Limited (fig. 27); Dairy Crest (fig. 32); Dateline International (fig. 29); Elida Gibbs Limited (figs. 13 e 14); Elizabeth Arden Limited (fig. 39); Gallaher Limited (fig. 3); Hoover PLC (fig. 42); International Chemical Company Limited (fig. 16); International Distillers and Vintners (UK) Limited (fig. 40); Johnson & Johnson Limited (fig. 41); Kimberly-Clark Limited (fig. 12); Lilia-White Limited (fig. 7); Max Factor & Co. (UK) Ltd (figs. 17 e 23); Mem Company, Inc. (fig. 24); Parim Limited (figs. 26 e 35); Royal Society of British Sculptors e The Franklin Mint (fig. 6); Sally Hansen Ltd (fig. 22); Scottish Widow's Fund and Life Assurance Society (fig. 8); Tampax Limited (figs. 18 e 38); The Tao Clinic (fig. 15); Twins Products (Pty) Ltd (fig. 36); Vichy (UK) Limited (fig. 21); Whitbread & Company, PLC (figs. 2 e 37).

As seguintes empresas autorizaram a citação de textos de anúncios de seus produtos ou serviços: Ashe Laboratories Ltd (Amplex); Beecham Proprietaries (Yeastvite); Birds Eye Wall's Limited (Birds Eye); Brook Bond Oxo Ltd (Oxo); Crosby Kitchens Limited; Eylure Ltd (Easiface); Fisons PLC (Sanatogen); Imperial Tobacco Limited; John A. Frye Shoe Company, Inc. (Frye Boots); Langham Life Assurance Company Limited; Larkhall Laboratories (Aquamaid); Lyle & Scott Ltd (Jockey); Max Factor & Co. (UK) Ltd (Miners e Rapport); Mem Company, Inc. (Racquet Club); The Mentholatum Company Limited (Stop'n Grow); Nairn Floors Limited; Nicholas Laboratories Limited (Radox); Rimmel International Limited; R. J. Reynolds Tobacco International (Camel); Schwarzkopf Limited; Valvoline Oil Company; Van den Berghs (Flora); Volvo Car Corporation; Yardley of London Limited (Chique).

Gostaríamos ainda de agradecer às seguintes pessoas e instituições: aos colegas que leram e teceram comentários sobre o original, em vários estágios, especialmente o sr. Ulf Hedetoft, a sra. Shirley Larsen, a srta. Signe Eskelund, o sr. Frede Östergaard; aos nossos alunos, que descobriram boa parte dos anúncios aproveitados no livro; às srtas. Signe Frits e Bente Kragh, que datilografaram o manuscrito e, finalmente, ao editor da série, professor Peter Trudgill, bem como ao pessoal da Basil Blackwell, pelos conselhos e, no mínimo, pela paciência.

Torben Vestergaard
Kim Schrøder

CAPÍTULO 1
PROPAGANDA E SOCIEDADE

QUE É PROPAGANDA?

À primeira vista, a questão pode parecer supérflua. Afinal, a propaganda jamais nos abandona: sempre que folheamos um jornal ou uma revista, sempre que ligamos a TV ou olhamos para os cartazes nas ruas e prédios, estamos diante de anúncios. Na sua maior parte, são do tipo que Leech (1966:25) descreve como "propaganda comercial ao consumidor". É de fato o tipo mais freqüente, aquele em que se aplica mais dinheiro e talento e que nos afeta mais profundamente. Mas existem outros.

Em primeiro lugar, é possível distinguir a propaganda não-comercial da comercial. Como exemplos da primeira, pode-se mencionar a comunicação entre órgãos governamentais e cidadãos – como foi o caso da campanha pelo sistema métrico na Grã-Bretanha – ou os apelos de associações e sociedades com finalidades caritativas ou políticas.

A propaganda comercial abrange, em primeiro lugar, a chamada publicidade de prestígio ou institucional, em que as empresas não anunciam mercadorias ou serviços, mas antes um nome ou imagem. O que se pretende, nesse caso, não é um incremento imediato das vendas, mas a criação de uma receptividade duradoura junto ao público. Vemos exemplos bem freqüentes nas páginas de economia dos jornais de domingo, em que grandes empresas costumam publicar extratos de seus relatórios e balanços*. Como os acionistas, de qualquer forma, receberão essas informações pelo correio, o único objetivo das publicações é lembrar ao público a existência da companhia, deixando uma impressão geralmente favorável. Em certos casos, a publicidade de prestígio contém um elemento mais ou menos explícito de propaganda política. Vejamos, por exemplo, o extrato de um anúncio de duas páginas da Exxon (na Europa: Esso), publicado na revista americana *Ms Magazine*, em setembro de 1976:

> Quem está realmente qualificado para atacar as necessidades energéticas dos Estados Unidos da América?
> As empresas com experiência, que sabem aproveitar a tecnologia que desenvolveram em determinada área e a fazem funcionar em outra.
> A Exxon vem fazendo isso – há anos.

Além de enaltecer a empresa, o anúncio visa a fazer com que o público adote a atitude da indústria em relação ao que se considera uma interferência indevida do governo.

Em segundo lugar temos a propaganda industrial ou de varejo, em que uma empresa anuncia seus produtos ou serviços a outras empresas. A propaganda industrial encontra-se com maior freqüência nas publicações especializadas e também nas

▼
---
* No Brasil, essa publicação é obrigatória. (N. do T.)

páginas de economia dos jornais. Difere tanto da propaganda de prestígio como da propaganda ao consumidor, na medida em que se pode concebê-la como uma comunicação entre iguais (ver pp. 11-2), isto é, tanto o anunciante como o provável leitor têm um interesse especial e um conhecimento particular a respeito do produto ou do serviço anunciado. Assim, a propaganda industrial se caracteriza por dar maior ênfase às informações concretas do que aos elementos de persuasão.

Harris e Seldon (1962:40) definem a propaganda como notícia pública "destinada a divulgar informações com vistas à promoção de vendas de bens e serviços negociáveis". Como se verá, esta definição abrange tanto a propaganda industrial como a propaganda ao consumidor, em que o anunciante é uma empresa que não visa a outras empresas, mas aos consumidores individuais. Os dois participantes da situação de comunicação (ver, adiante, o capítulo 2) definida pela propaganda ao consumidor são, portanto, *des*iguais no que concerne ao interesse e ao conhecimento sobre o produto anunciado (cf. Wight, 1972:9, "compradores amadores em face de um vendedor profissional"); ora, a preocupação central deste livro é examinar de que maneira o uso da linguagem é influenciado pela função a que ela tem de servir nessa situação particular. Por esta razão — e porque *é* o tipo mais importante — trataremos quase que exclusivamente da propaganda ao consumidor. Faremos alguns comentários sobre a propaganda de prestígio, mas a propaganda industrial não será abordada.

Cabe ainda distinguir entre anúncios de exibição e anúncios classificados. Os primeiros são colocados em destaque nos jornais e revistas a fim de chamar a atenção dos leitores, cujo principal interesse no veículo não é um determinado anúncio. Os classificados, por outro lado, são inseridos em páginas especiais e dispostos por assunto. De modo geral, os anúncios classificados são lidos apenas por pessoas especialmente interessadas em certo produto ou serviço. Além disso, a regra é o anúncio de exibição ser divulgado por grandes empresas ou entidades – quase sempre por meio de uma agência profissional de propaganda –, enquanto o anunciante das páginas de classificados é geralmente uma pequena firma local ou um cidadão que o redige de próprio punho. Desse modo, faltam aos anúncios classificados duas características da outra propaganda. Primeiro, embora os classificados sejam evidentemente publicados "visando à promoção de vendas", é comum que os elementos de persuasão estejam virtualmente ausentes e, de qualquer modo, nada ou pouquíssimo se faz para persuadir os prováveis compradores a *ler* o anúncio. O classificado, portanto, aproxima-se bastante da mera notícia, informando os segmentos interessados do público sobre a existência de algo disponível por certo preço. Segundo, dado o interesse pela coisa anunciada, o classificado também se aproxima bastante da comunicação entre iguais. Isso fica ainda mais claro se o anunciante é um cidadão particular, quando o produto nem sequer pode ser considerado mercadoria (para a distinção entre produto e mercadoria, ver pp. 10-1).

A PROPAGANDA É NECESSÁRIA?

Para que existe a propaganda e por que ela tem que ser persuasiva? Por que os anunciantes não informam simplesmente os consumidores sobre a disponibilidade e o preço da mercadoria e os deixam resolver se compram ou não? A resposta às duas questões está nas condições sociais que tornam a propaganda possível e nas quais se efetua o consumo.

Se o aparelho de produção de uma sociedade não estiver suficientemente desenvolvido para satisfazer mais que as meras necessidades materiais da sua população, é claro que não haverá lugar para a propaganda. Para que esta tenha algum sentido, pelo menos um segmento da população terá que viver acima do nível da subsistência: no momento em que isso acontece, os produtores de bens materialmente "desnecessários" devem fazer alguma coisa para que as pessoas queiram adquiri-los. No entanto, a propaganda não se limita a ser uma atividade de promoção de vendas – por exemplo, não é venda de porta em porta, o que aponta para a segunda precondição da propaganda: a existência de um mercado de massa (relativo) e de meios de comunicação para chegar até ele. Na Grã-Bretanha, o surgimento de uma classe média relativamente grande, alfabetizada, no começo do século XVIII, criou as precondições para a existência da propaganda no sentido moderno. Os anúncios dessa época eram dirigidos aos fregueses dos cafés, onde se liam revistas e jornais (Turner, 1965:23) e, o que é significativo, os produtos anunciados eram "supérfluos", como café, chá, livros, perucas, poções, cosméticos, espetáculos e concertos, bem como bilhetes de loteria.

A propaganda só conheceu uma verdadeira expansão, contudo, no final do século XIX. A tecnologia e as técnicas de produção em massa já tinham atingido um nível de desenvolvimento em que um maior número de empresas produzia mercadorias de qualidade mais ou menos igual a preços mais ou menos iguais. Com isso, veio a superprodução e a subdemanda (Turner, 1965:132-4), tornando-se necessário estimular o mercado – de modo que a técnica publicitária mudou da proclamação para a persuasão. Ao mesmo tempo, a alfabetização se alastrara mais e o primeiro jornal a ter boa parte da sua renda derivada da publicidade, o *Daily Mail*, foi lançado nesse período (em 1896; ver *British Press*, 1976:3). Por fim, nos últimos anos do século XIX a propaganda se tornou uma área profissional definida, com a fundação das primeiras agências.

O contexto social e institucional em que se situa a propaganda nos dias de hoje definiu-se, portanto, no início do século XX: mercadorias produzidas em massa, mercado de massa atingido através de publicações de massa, cuja fonte de renda mais importante é a propaganda[1], bem como uma indústria da propaganda responsável por todas as grandes contas.

A novidade mais importante do século XX, não há dúvida, foi o advento de um novo veículo publicitário, a televisão, coincidindo – na Europa – com o surto econômico do pós-guerra, iniciado na década de 50. Esses dois fatores determinaram a expansão da atividade publicitária e foram, por sua vez, favorecidos por ela: na Grã-Bretanha, as despesas com propaganda aumentaram de 0,9% do Produto Interno Bruto, em 1952, para 1,4% em 1960, ou de 1,2% para 1,9% da despesa total dos consumidores (Reekie, 1968:7-8). Reekie (*ibid.*) assinala que esse conjunto de circunstâncias deve ter sido uma das causas do crescente interesse do público e da reprovação dos métodos da propaganda no final da década de 50 e no começo da década de 60. Especialistas em consumo, como Packard (1957), defendiam uma propaganda mais fiel, ou seja, mais informativa e menos persuasiva, ao passo que os apologistas da propaganda respondiam que ela era franca e legitimamen-

▼

1. Em 1975, a média da proporção da receita publicitária dos jornais nacionais da Grã-Bretanha, em relação à receita total, foi de cerca de 30% para os veículos populares e de 60% para os veículos sofisticados. Fonte: Royal Commission on the Press, 1976.

te persuasiva, mas que persuadia pelo fato de ser informativa (Harris e Seldon, 1962:74). Analisemos a concepção subjacente à reivindicação de uma propaganda menos persuasiva e mais informativa. Teremos assim a resposta à segunda questão colocada no início desta seção.

Na sua forma extrema, a posição do especialista em consumismo parece basear-se num entendimento incompleto das necessidades que as pessoas satisfazem através do consumo de bens. Todos nós precisamos comer e beber o suficiente para nos mantermos vivos, de roupas para nos mantermos aquecidos e enxutos, e, dependendo das condições climáticas, de abrigo contra as intempéries; com exceção das condições mais favoráveis, também necessitamos de meios de transporte para nos deslocarmos de casa para o trabalho. Estes são exemplos de *necessidades materiais*.

As pessoas, contudo, não vivem isoladas. Também precisamos de amor, de amizade e do reconhecimento de nossos semelhantes; precisamos pertencer a grupos, ter consciência desse pertencimento e de nós mesmos como individualidades em relação aos grupos sociais circundantes. São exemplos de *necessidades sociais*.

É difícil dizer quais são as necessidades mais importantes. Se as nossas necessidades materiais não forem satisfeitas, morreremos de fome ou de frio; se não o forem as necessidades sociais, tenderemos a apresentar problemas psicológicos. O ponto crucial é que, ao consumir bens, estamos satisfazendo ao mesmo tempo necessidades materiais e sociais. Os vários grupos sociais identificam-se por suas atitudes, maneiras, jeito de falar e hábitos de consumo – por exemplo, pelas roupas que vestem. Dessa forma, os objetos que usamos e consumimos deixam de ser meros objetos de uso para se transformar em veículos de informação sobre o tipo de pessoa que somos ou gostaríamos de ser. Nas palavras de Barthes (1977:41), os objetos são *semantizados* (ver, adiante, pp. 236-41), o que permite aos anunciantes explorar a necessidade de pertencer a associações, de identificação do ego e assim por diante. Se é relativamente fácil obter informações precisas sobre o valor material de uma peça de vestuário (em função do preço e da qualidade), qualquer indicação do anunciante sobre se este ou aquele artigo está associado a determinado grupo social é forçosamente, se não inverídica, pelo menos inverificável. Esse apelo aos valores sociais fica evidente no seguinte exemplo:

> O mundo mutante de
> JOCKEY®
> Quando o ritmo esquenta, as camisas Jockey continuam fresquinhas. Fresquinhas como algodão.
> Combinam maravilhosamente com os calções Jockey.
> Dentro de casa ou ao ar livre, você se sentirá melhor
> – e terá mais presença – com Jockey.
> Roupa de baixo a partir de 99 pence.
> Camisas a partir de 2,25 libras.
> JOCKEY® por Lyle & Scott
>
> (*Reader's Digest*, abril de 1977)

O anúncio é ilustrado com fotos de jovens de ambos os sexos divertindo-se na Riviera: navegando de lancha, montando a cavalo, jogando tênis, bebendo.

As únicas informações concretas que obtemos são o preço do produto e, em parte, a capacidade de permanecer refrescado. O resto do texto apenas sugere que, se o leitor quiser pertencer ao mundo em mudança, deve usar roupa de baixo e camisas Jockey.

O vestuário é um produto que satisfaz tanto as necessidades materiais como as sociais, embora usemos muitas coisas que não satisfazem nenhuma necessidade material. Reekie (1968:22) observa, a respeito do perfume, que se o consumo fosse motivado apenas pelas necessidades materiais as mulheres nunca o usariam. A necessidade social satisfeita pelo perfume também poderia igualmente ser atendida por um desodorante mais barato e eficiente ou por um banho. As mulheres, no entanto, continuam a usar perfume – e determinada marca de preferência a outra – por causa do valor simbólico da sua marca preferida. Elas se afirmam e são estimuladas a afirmar-se como pessoas pela marca de perfume que usam:

"Rapport. Eles venceram. Ela usa Rapport."

(*She*, outubro de 1977)

Realmente, é difícil compreender como é que mercadorias como o perfume poderiam ser anunciadas de forma puramente informativa, sem persuasão.

FUNÇÃO DA PROPAGANDA

Na seção anterior dissemos que, quando uma sociedade atingiu um estágio em que boa parte da população vive acima do nível da subsistência, a propaganda é inevitável, e inevitavelmente persuasiva. Isso só é verdade sob uma importante condição: que se trate de um sistema capitalista.

A economia capitalista divide-se em duas partes: uma esfera de produção de mercadorias e uma esfera de circulação e troca de mercadorias e moeda. Na esfera da produção, os homens são basicamente desiguais: existem os que possuem os meios de produção – os capitalistas – e os que não os possuem – os trabalhadores; em princípio, somente os capitalistas (acionistas majoritários) têm alguma influência sobre o que e quanto será produzido, embora procedam, na maioria dos casos, aconselhados por funcionários. Na esfera da circulação, em princípio, os homens são livres e iguais; o proprietário da mercadoria decide livremente se vende ou não, a quem e a que preço, assim como o comprador potencial é livre para comprar ou não. Isso ocorre mesmo quando a mercadoria é constituída por mão-de-obra: o trabalhador é livre para aceitar ou não o emprego pelo salário oferecido, assim como o industrial é livre para empregar ou não o trabalhador. Evidentemente, como a publicidade tem lugar na esfera da circulação, vamos discuti-la com mais detalhes[2].

No sistema pré-capitalista de trocas diretas (*barter system*), os produtores individuais – digamos, um agricultor e um tecelão – reuniam-se na feira. O agricultor produzia mais cereais do que precisava, assim como o tecelão também produzia mais tecido do que lhe era necessário. Assim, por mútuo acordo, trocava-se certa quantidade de cereais por certa quantidade de pano.

Há dois pontos a realçar nessa transação. Primeiro, a perfeita igualdade das duas partes ao fechar o negócio: cada qual possui um produto de que somente o outro necessita e que representa um valor de troca para um, mas um valor de uso para outro. Segundo, os produtos que eles trocam só se tornaram mercadorias em função do ato de troca, pois mercadoria é o bem produzido com vistas especialmente ao intercâmbio. (Note-se a estreita semelhança entre a feira, nesta situação, e as colunas de anúncios classificados de um jornal de hoje.)

▼

2. Os princípios da esfera de circulação são descritos na obra de Marx, *O capital*, vol. I, partes I-II; para uma introdução à economia marxista, ver, por exemplo, Mandel (1970) ou McLelland (1975).

Voltemos agora ao ato de troca num sistema capitalista plenamente desenvolvido. Nele as mercadorias não constituem o excedente de produtores individuais. Pelo contrário, são produtos fabricados em massa, em unidades industriais, para serem vendidos num mercado anônimo. O proprietário da fábrica fez certa aplicação de capital em máquinas, matérias-primas e salários. Quando a mercadoria é vendida, tem que receber o retorno dessa aplicação, mais um lucro para reinvestimento e consumo pessoal.

Num sistema capitalista desenvolvido, portanto, o processo de venda e compra difere muito da situação das feiras a que aludimos. Apesar da igualdade teórica dos homens quando interagem na esfera da circulação, de fato o industrial e seu cliente em potencial são desiguais (Haug, 1971:15). Para o vendedor (e, em particular, o acionista) a mercadoria não tem nenhum valor de uso: ele só se interessa por ela como um depositário de valor de troca, que se realiza com a venda da mercadoria. Para o comprador, a mercadoria representa um valor de uso, mas o que ele tem para oferecer ao vendedor, em troca, não tem nenhum valor de uso para o vendedor, representando apenas a materialização do valor de troca – dinheiro.

Ninguém desejará adquirir um produto que não lhe pareça ter valor de uso, mas, já que o único interesse do vendedor em sua mercadoria é vendê-la, ficará satisfeito desde que ela *pareça* ter valor de uso. Quanto mais atraente o produto, mais as pessoas desejarão adquiri-lo e menor será o intervalo entre a data em que ele sai da fábrica e aquela em que é vendido. Assim se chegou, segundo Haug (*ibid.*), a uma estética das mercadorias (*Warenästhetik*). A estética pode ser inerente ao produto através do *design* (por exemplo, automóveis), do aroma (líquidos de limpeza) ou da cor (bebidas) – perfeitamente irrelevantes para o valor de uso material do produto; pode surgir em estreita conexão com o produto (garrafas de bebidas com formatos especiais) ou estar completamente separada dele. Não só a publicidade contribui para que os produtos pareçam esteticamente o mais agradáveis possível como também o anúncio se converte numa realização estética. Conforme veremos adiante (por exemplo, pp. 74-84 e 236-41), essa estetização da mensagem significa que os anúncios podem ser analisados por meio de técnicas geralmente aplicadas às artes verbais e visuais; na verdade, a propaganda representa um gênero "subliterário" (Leech, 1969:66).

No quadro de uma situação em que é tecnologicamente possível às empresas fabricar produtos semelhantes, é essencial que cada empresa ofereça uma razão para que o consumidor prefira a sua marca à dos concorrentes, o que até os apologistas da propaganda admitem poder levar ao "desperdício na diferenciação de produtos" (Harris e Seldon, 1962:236). A estética do produto tem papel relevante nessa diferenciação, como mostra a conhecida anedota sobre a competição entre as exposições da Ford e da General Motors – quando a GM começou a fabricar Chevrolets coloridos, Henry Ford grunhiu: "Pode pintá-los de qualquer cor, contanto que sejam pretos"..., e os resultados desastrosos foram para a Ford (Reekie, 1968:5-6). Mais adiante (pp. 238 ss.), veremos que, de fato, não é só o produto, mas também o consumidor que passa por um processo de estetização.

Já salientamos que os seres humanos, por meio do consumo de bens, satisfazem ao mesmo tempo necessidades materiais e sociais. Acreditamos que esta seja uma característica geral, e não peculiar às sociedades capitalistas. Dissemos também que, se o anunciante desejasse reivindicar qualquer valor social de uso para o seu produto, seria obrigado a deixar a área das informações concretas para entrar na área da persuasão. Agora, Haug (1971:65 ss.) observa que, ao lado da tendência para a estética, a propaganda tende a menosprezar por completo o valor material de uso das mercadorias. Em vez de invocar, de forma verdadeira ou exagerada, o valor de uso primordial do seu produto, o anunciante promete ao consumidor que sua aquisição e consumo lhe darão juventude, amor, reconhecimento etc. Haug considera isso corrupção ou distorção dos valores de uso. Voltaremos ao assunto dos valores de uso corrompidos nos capítulos 5 e 6.

OBJETIVO DESTE LIVRO

Examinaremos aqui como a mensagem publicitária é comunicada, acentuando principalmente a comunicação lingüística. No entanto, como as ilustrações são uma parte importante do conjunto da mensagem, muitas vezes será necessário apresentar uma análise da comunicação visual. No capítulo 2 expõem-se as técnicas de análise mais importantes.

Embora a televisão seja um veículo de propaganda muitíssimo importante[3], trataremos exclusivamente da mídia impressa, por duas razões: é mais fácil arquivar e estudar os anúncios impressos do que os comerciais de TV e, em segundo lugar, como os comerciais de TV se estendem no tempo e combi-

▼

3. Em 1973, a propaganda em veículos impressos respondia por 71% das despesas totais com propaganda e em TV por 24%. Essas porcentagens vêm-se mantendo relativamente constantes desde 1960. Fonte: *Advertising Quarterly*, 40, 1974.

nam os efeitos do som e da imagem, só é possível reproduzi-los de maneira muito incompleta num livro, enquanto o anúncio impresso pode ser reproduzido por inteiro.

Por um lado, a concentração na mídia impressa não apresentará grande desvantagem, pois não há razões para crer que ela divirja basicamente da TV quanto aos métodos de persuasão – ainda que a análise dos anúncios de TV, dado o seu movimento e o uso da imagem e do som, exija todo um outro conjunto de procedimentos analíticos. Por outro lado, isso significa que certos produtos intensamente anunciados, como, por exemplo, cereais vitaminados e sabões em pó, estarão ausentes nesta análise.

O papel da propaganda consiste em influenciar os consumidores no sentido da aquisição do produto; vale, porém, o princípio segundo o qual o publicitário não é capaz de criar novas necessidades, mas apenas de retardar ou acelerar as tendências existentes (Brown, 1963:77). Portanto, se as agências conhecerem o seu ofício, é de esperar que a propaganda reflita muito de perto as tendências do momento e os sistemas de valores da sociedade. Contudo, os compradores em potencial de motocicletas devem diferir de uma dona-de-casa na escolha de artigos de cutelaria, o que se refletirá, presumivelmente, nos valores representados em cada caso. Em outras palavras, é de esperar que o método de persuasão varie conforme o produto e conforme a idade, o sexo e a classe social do provável comprador. Por essa razão, é importante que todo estudo sobre a propaganda abranja a gama mais ampla possível de publicações, embora se considere razoável a exclusão das revistas especializadas.

Assim, nosso estudo está baseado em material de propaganda das publicações abaixo (as informações sobre circulação e número de leitores são do *National Readership Survey*, 1976-77). Incluímos apenas anúncios de exibição. O material compreende um número por mês de cada publicação, abrangendo o período de abril a outubro de 1977. Além disso, aproveitamos anúncios isolados de várias outras publicações britânicas e norte-americanas.

Geral

News of the World: É de longe o maior semanário, com uma circulação de aproximadamente 5 milhões de exemplares. Cerca de 80% dos leitores pertencem à classe trabalhadora e uns 50% têm menos de 35 anos. É lido aproximadamente pelo mesmo número de homens e mulheres.

The Sunday Times: A maior publicação dominical em termos de "qualidade", tem uma circulação de aproximadamente 1,3 milhão de exemplares; 75% dos leitores pertencem às classes média e média superior.

Titbits: Revista semanal mediana, com uma circulação de cerca de 400 mil exemplares. Os leitores pertencem, na sua maior parte, à classe trabalhadora (75%).

Reader's Digest: A mais importante revista mensal, com circulação superior a 1,6 milhão de exemplares. Os dois grupos de leitores mais significativos pertencem à classe média baixa e à classe trabalhadora alta (28% e 32%, respectivamente). É lida por cerca de 20% da população na faixa etária dos 15 aos 64 anos, mas só por 13% na faixa superior aos 65 anos.

Revistas femininas

Woman: Um dos três maiores semanários femininos, com circulação superior a 1,4 milhão de exemplares (os outros dois são *Woman's Own* e *Women's Weekly*). Do seu público, 59% pertencem à classe trabalhadora, 27% à classe média baixa e 14% às classes média alta e média-média. É lido por 18% a 35% das mulheres de todas as faixas etárias, ainda que, a julgar pela natureza das matérias, se destine mais às donas-de-casa. Das leitoras, 82% são casadas; pouco mais de 50% delas trabalham fora de casa (em tempo integral ou parcial). Além disso, 16% dos leitores são do sexo masculino.

She: Revista mensal com uma circulação de aproximadamente 300 mil exemplares. Seu público divide-se em três grupos principais, um da classe média-média (20%), outro da classe média baixa (34%) e outro ainda da classe trabalhadora alta (26%). A julgar pela natureza das matérias, visa principalmente às mulheres casadas da classe média que também trabalham (ou gostariam de trabalhar) fora de casa[4]. Das mulheres que a lêem, 60% trabalham de fato em tempo parcial ou integral e 78% são casadas. Pertencem, em sua maioria, a faixas etárias até os 54 anos; na faixa superior a 55 anos, o público declina acentuadamente. Tem, além disso, 25% de leitores do sexo masculino.

Cosmopolitan: Revista mensal com uma circulação de aproximadamente 410 mil exemplares. Como a revista *She* tem em média 5,9 leitores por exemplar e a *Cosmopolitan* apenas 3,6, o público médio por edição é praticamente igual. Em termos de classe social, os perfis do público de uma e de outra são idênticos, mas *Cosmopolitan* é uma revista muito mais sofisticada que *She*. As matérias dão a entender que sua leitora típica é a mulher solteira de classe média. De fato, 48% de suas leitoras não são casadas e 72% de seus leitores estão na faixa etária dos 15 aos 34 anos. 30% do total de seus leitores são homens.

▼

4. Em 1971, 42% das mulheres casadas da Grã-Bretanha trabalhavam fora de casa. Fonte: *Women and work*, 1974.

Revistas masculinas

Mayfair: Na nossa cultura, as mulheres têm mais consciência de serem mulheres do que os homens de serem homens (Millum, 1975:71), o que se reflete na quase ausência de revistas masculinas, em comparação com a ampla variedade de publicações femininas. Além das revistas especializadas, as outras são todas mais ou menos pornográficas. Com uma circulação de cerca de 276 mil exemplares, *Mayfair* está entre as maiores. Dos seus leitores, 64% têm menos de 35 anos; os mais importantes grupos de leitores pertencem à classe média baixa (24%), à classe trabalhadora alta (41%) e à classe trabalhadora média (22%).

CAPÍTULO 2
LINGUAGEM E COMUNICAÇÃO

Na Grã-Bretanha, os publicitários que desejam escapar às críticas menos amáveis a seu ofício gostam de se intitular "comunicadores" (Norins, 1966:5), já que, evidentemente, a propaganda é uma forma de comunicação. Trata-se, porém, de um conceito demasiadamente amplo e, para fazer idéia mais precisa do que nele se inclui, é preciso observar algumas atividades que a expressão compreende. Três distinções se destacam.

Comunicação verbal e não-verbal

Essa distinção refere-se ao uso ou não da linguagem verbal. A linguagem verbal é o nosso veículo de comunicação mais importante, mas, ao dialogarmos, a fala vem acompanhada de gestos e de posturas mediante os quais nos comunicamos de forma não-verbal. O emprego simultâneo da comunicação verbal e não-verbal constitui um elemento extremamente importante da nossa cultura. Encontramos os dois tipos no teatro, cinema, televisão, histórias em quadrinhos e na maior parte dos anúncios.

Comunicação pública e particular

Essa distinção refere-se à situação de comunicação. A comunicação particular obedece a um processo que envolve pessoas que se conhecem, como sucede numa conversa entre amigos ou numa troca de correspondência. Na comunicação pública, a situação é mais complicada: há aquela que se dirige simplesmente ao público anônimo – artigos de jornal, romances, filmes, propaganda –, mas há aquela em que um número conhecido de pessoas estão ao mesmo tempo comunicando-se *umas com as outras* e *com* um público anônimo. É o caso dos debates parlamentares e das mesas-redondas de rádio e TV.

Comunicação em um sentido e em dois sentidos

Há uma forte tendência a se identificar esta distinção com a anterior: na comunicação particular, os interlocutores ora falam ora escutam, ou escrevem ou lêem, ao passo que na maior parte dos tipos de comunicação pública existe um locutor/redator transmitindo para um público anônimo, que não lhe pode responder. Via de regra, a comunicação pública em dois sentidos se dá em debates públicos; mas a comunicação particular em um sentido, embora possa ocorrer, é sempre considerada anormal e socialmente inaceitável, pois não gostamos de conferências particulares.

Portanto, a propaganda constitui uma forma pública de comunicação verbal e não-verbal. É de notar que esses atributos são comuns à maior parte das diversões públicas, como cinema, televisão e histórias em quadrinhos.

Já vimos que a situação de comunicação em debates públicos é complexa por dois motivos: (a) pelo número de pessoas a quem se dirige; (b) pela distinção um sentido/dois sentidos. Na arte também aparecem semelhantes complexidades. Imagine-se um filme ou um romance: a obra de arte como um todo representa a comunicação do artista com seu público, ou seja, um caso de comunicação pública em um sentido. Dentro da obra, porém, haverá diálogos entre os personagens, isto é, comunicação particular em dois sentidos, em que os personagens se dirigem uns aos outros, embora na realidade seja o artista que ainda está se dirigindo ao público. Veremos adiante (pp. 74-84) que há casos em que a propaganda emprega o mesmo recurso.

A MENSAGEM VERBAL

Na análise da comunicação, o objeto de estudo (o que se passa entre os participantes do processo de comunicação) recebe o nome de texto. Uma conversa durante uma recepção, um romance, um filme ou um anúncio, tudo é, portanto, considerado texto, nesta acepção da palavra.

No estudo dos textos devem ser feitas as seguintes observações:

O texto existe numa situação particular de comunicação.
O texto é uma unidade estruturada – tem textura.
O texto comunica significado.

Dessa forma, todo texto pode e deve ser estudado de acordo com três pontos de vista. Como ele funciona realmente na situação de comunicação? Como se acha estruturado, isto é, de que forma suas partes estão unidas num todo? Que significado ele comunica?

A situação de comunicação

A comunicação envolve necessariamente pelo menos duas pessoas, aquela que fala (o *emissor*) e aquela a quem se fala (o *receptor*). No processo de comunicação, o *significado* é transmitido entre os dois participantes. Mas não pode ser transmitido em abstrato, tem que estar materializado em algum *código* (o significado de "pare", por exemplo, pode ser transmitido por meio de vários códigos: um sinal rodoviário em vermelho e branco, o braço de um policial, a luz vermelha nos semáforos ou a palavra *pare*).

Além disso, para que alguma coisa seja comunicada, o emissor e o receptor devem estar em contato um com o outro, isto é, a mensagem tem de ser comunicada através de alguma espécie de *canal* (na conversação, ondas de som; por escrito, letras no papel; as ondas de som podem converter-se em outras formas de ondas, como no telefone, rádio ou televisão).

Por fim, todo ato de comunicação se verifica em dada situação, num *contexto*. Isso depende da situação em que o emissor e o receptor se acham, incluindo os acontecimentos imediatamente anteriores, embora o contexto também englobe a situação cultural mais ampla de ambos, bem como o conhecimento que tenham da situação deles e de sua cultura. O quadro desta página é uma representação gráfica da situação de comunicação (cf. Leech, 1974:49). No caso da propaganda, a relação entre esse modelo abstrato e genérico de comunicação e a verdadeira situação é perfeitamente clara: o emissor é o anunciante e o receptor é o leitor, o significado transmitido refere-se ao produto (mais especificamente, uma tentativa de induzir o leitor a adquirir o produto), o código (no caso do anúncio impresso) é a linguagem, mas também uma certa espécie de código visual (ver adiante, pp. 46-69), o canal consiste em publicações impressas e o contexto inclui aspectos como a situação do leitor (já tem o produto? tem condições de adquiri-lo? etc.), a publicação em que o anúncio aparece e – por último, mas não menos importante – o conhecimento de que o texto é um anúncio (note-se que, se um anúncio se parece muito com as matérias de redação do veículo, costuma-se imprimir no alto "publicidade" ou "informe publicitário". Ver fig. 6).

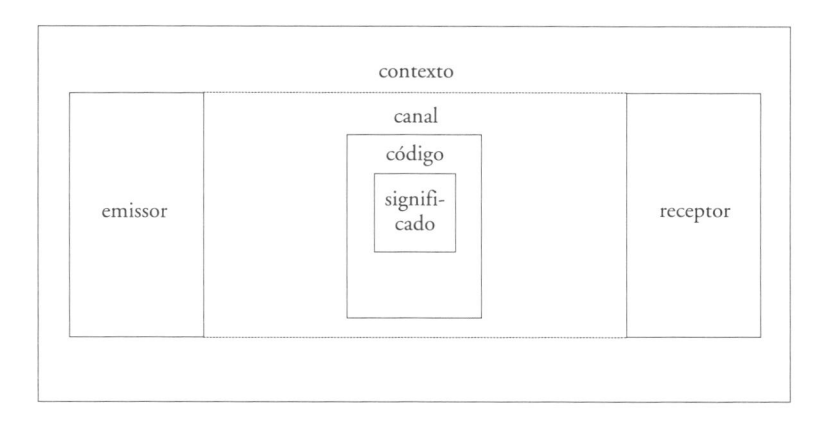

emissor	contexto		receptor
	canal		
	código		
	significado		

A linguagem pode cumprir várias funções na comunicação. Empregamos a linguagem para expressar nossas emoções, para informar os leitores de fatos por eles desconhecidos, para influenciar atos e pensamentos dos outros, para falar sobre a linguagem, para conversar com os amigos sobre qualquer coisa, para contar histórias e piadas. O interessante é que todas as funções podem ser relacionadas diretamente com um dos componentes do modelo de comunicação[1].

Na função *expressiva*, a linguagem focaliza o emissor, seus sentimentos, desejos, atitudes e vontades. É esta a função que empregamos quando nos afirmamos como indivíduos. Condenar, desculpar, perdoar, aprovar, elogiar e censurar são exemplos de atos de comunicação expressivos (ou atos de fala, cf. Searle, 1969, 1971).

Na função *diretiva*, a linguagem está voltada para o receptor. Neste caso, ela se destina a influenciar os atos, emoções, crenças e atitudes do destinatário. Convencer, aconselhar, recomendar, exortar, convidar, permitir, ordenar, compelir, advertir e ameaçar são exemplos de atos de fala diretivos.

A função *informacional* focaliza o significado. Ao transmitir ao nosso interlocutor informações que ele ainda não possui ou ao pedir uma informação, usamos a linguagem de maneira informacional. Informar, relatar, descrever, afirmar, declarar, manter, solicitar, confirmar e refutar são atos de fala informacionais.

A função *metalingüística* focaliza o código. Em tal função, a língua que falamos é empregada para discorrer sobre a lín-

▼

1. Esta observação se deve originariamente a Jakobson (1960). Nos últimos anos ela foi desenvolvida de várias formas por diversos autores; ver Criper e Widdowson (1975:195-200), Halliday (1973:9-21), Leech (1974:47-50).

gua de que falamos – por exemplo, enunciando coisas como "controvérsia é uma palavra que se pronuncia acentuando a terceira sílaba".

A função *interacional* ocupa-se do canal. A linguagem é aqui empregada para criar, manter e encerrar o contato entre o emissor e o receptor. A função adquirirá importância especial se os interlocutores não estiverem em contato visual um com o outro, como sucede numa conversa telefônica. Na maior parte das conversas casuais, a função também é interacional: as pessoas falam do tempo não porque tenham alguma informação de importância a transmitir, mas porque se considera impróprio não dizer nada.

A função *contextual* relaciona-se com o contexto. Afora algumas expressões rituais – como "Está aberta a sessão" ou "A sessão está suspensa por dez minutos" –, cuja única função consiste em criar ou cancelar um contexto, é difícil imaginar enunciados mais extensos com função puramente contextual. Há no entanto várias palavras cujo significado somente se define tendo em vista os elementos do processo de comunicação: "eu", "nós", "você", "este", "aquele", "aqui", "lá", "agora" e "então" assinalam aspectos da situação e têm significado diferente em cada situação. Costuma-se dizer que essas palavras são *dêiticas* e sua função consiste em *ancorar* o texto numa situação concreta. Mais adiante (pp. 47-50), veremos que o importante na diferença entre o meio verbal e o meio visual é que a este último faltam os mecanismos dêiticos de ancoragem (para o conceito de ancoragem dêitica, ver Rommetveit, 1968:185 ss.).

A função *poética* está voltada ao mesmo tempo para o código e para o significado: o código é empregado de forma especial, a fim de comunicar um significado que, de outra maneira, não seria objeto de comunicação. Naturalmente, o uso "poético" especial do código fica mais evidente quando se recorre a instrumentos poéticos consagrados, como rima, ritmo e metáforas, mas não é preciso que eles estejam presentes para que a linguagem tenha essa característica. Temos outro exemplo de uso poético especial da linguagem na forma complexa que se apresenta quando um trecho de comunicação aparentemente particular é encaixado em outro trecho de autêntica comunicação pública (ver, atrás, pp. 20-2). Note-se que a complexa situação de comunicação que se estabelece com o emprego de recursos poéticos – como a metáfora – implica uma ambigüidade da mensagem. Ao lermos poesia (e outras produções de arte literária), estamos sempre perguntando coisas como "A quem se dirige isto?"; "Que quer dizer esta metáfora?"

Estrutura do texto
Coesão e coerência

Conforme dizíamos, pressupõe-se que o texto constitui uma unidade estruturada. Isto nem sempre será um fato incontestável, mas a verdade é que o leitor/ouvinte funciona sob tal suposição, até prova em contrário. Nossa compreensão do texto lido/ouvido se faz continuamente à luz do que vem depois e, se surgem incoerências, procuramos modificar a nossa interpretação a fim de criar uma estrutura, antes de rejeitá-lo como ilógico.

Consideremos o seguinte exemplo:

(1) A fatura é grande.

Isoladamente, a frase é ambígua, pois tanto pode referir-se ao tamanho da folha de papel, como à quantia a pagar. Mas, no contexto de (2), a frase deixa de ser ambígua:

(2) A fatura é grande, mas ela não precisa ser paga.

Do ponto de vista gramatical, não há nenhuma razão para que "a fatura" não se refira a uma folha de papel, tanto em (2) como em (1), mas, simplesmente, não faz sentido dizer que há algum tipo de contraste entre as duas orações, "a fatura é grande" e "ela não precisa ser paga", a não ser que se entenda "fatura" como "quantia", além de a presença do "mas" indicar que elas *estão* em contraste.

A estrutura do texto pode ser discutida em dois níveis. Por um lado, o exemplo (2) apresenta duas orações ligadas pela conjunção "mas", que indica que elas estão em contraste e que ambas são surpreendentes, observadas uma à luz da outra. Um elemento repetido também as liga, "a fatura" – representado pelo pronome "ela" no segundo caso –, que constitui o sujeito da segunda oração. As frases ligam-se de várias formas, sendo comum a repetição de um elemento e a referência a ele por meio de pronomes (ver Halliday e Hasan, 1976). Segundo Widdowson (1973), chamaremos esta forma de ligação formal entre as orações de *coesão* (cf. também Widdowson, 1978:24 ss.).

Em outro nível, por mais detidamente que analisemos a coesão formal das frases, não chegaremos perto de uma resposta para questões como a de saber por que a interpretação "quantia" é a única que fez sentido em (2). Para responder a esta questão, deve-se observar a estrutura lógica dos textos. Já vimos que o "mas" denota um contraste entre as duas orações em (2). A natureza desse contraste não está mencionada de forma explícita, mas podemos presumir a existência de um conhecimento recíproco entre o locutor e o ouvinte que lhes permite estabelecer uma sucessão de nexos entre as duas orações.

A interpretação de texto nos permite reconstruir esse conhecimento recíproco:

"a fatura é grande" – coisa desagradável, pois significa que teremos de desembolsar larga soma de dinheiro;
"mas" no entanto não há motivo para preocupações, pois
"ela não precisa ser paga".

Chamaremos de *coerência* esse nexo lógico interno dos textos. Mas nem sempre um texto é ao mesmo tempo coesivo e coerente, como no caso de (2). De fato, como se pretende demonstrar em (3), a comunicação se tornaria muito complicada se tivéssemos que tornar sempre explícitos os elos formais entre as partes de um trecho do discurso:

(3) Marido: Mamãe chega de Birmingham às três e cinqüenta.
Mulher: Tenho hora marcada no dentista.
Marido: Tudo bem.

Eis aí um exemplo de diálogo perfeitamente normal, eficaz e coerente. Não duvidamos que as duas partes se entenderam e que, como resultado, o marido irá buscar a mãe na estação. No entanto não há absolutamente nada que assinale a coesão formal entre cada enunciado. Se procurássemos preencher os elos formais que faltam entre cada enunciado, logo veríamos como a comunicação se tornaria incômoda se tivéssemos que ser sempre explícitos:

(3a) Marido: Mamãe chega de Birmingham às três e cinqüenta. Um de nós tem que ir buscá-la na estação, você vai?

Mulher: Acho que não vai dar, pois tenho hora marcada no dentista.
Marido: Ah, tudo bem. Então eu vou buscá-la.

Portanto, embora seja perfeitamente normal um texto ser coerente sem ser coesivo, sempre devemos suspeitar dos casos em que a coesão externa, formal, não combina com uma coerência semântica interna: em tal situação, a forma de linguagem pode ser empregada para disfarçar uma ruptura na estrutura lógica da argumentação. Trata-se de um ingrediente comum na "linguagem elaborada" e muito freqüente em propaganda. Em geral, o efeito dessa técnica nos leva a supor que o texto diz coisas que não poderia dizer de forma explícita:

(4) **Se ao menos você pudesse analisar alguns outros sabões.**

A pura transparência ambarina do sabão Pears mostra por que ele é diferente de qualquer outro que você possa comprar.

Pears *é* sabão puro, livre de aditivos que poderiam ser prejudiciais a peles delicadas.

(*She*, outubro de 1977)

À primeira vista, o texto nada apresenta de notável. Só ao estudar mais de perto a conexão lógica – a coerência – entre os dois parágrafos é que reparamos que alguma coisa está errada. O primeiro parágrafo contém uma oração interrogativa dependente ("por que ele é diferente"), indicando haver razões para a diferença entre o sabão Pears e outras marcas, enquanto o segundo parágrafo consiste numa enfática declaração sobre uma qualidade característica do produto ("Pears *é* sabão puro").

O nexo entre os dois, que a experiência normal com a língua nos levaria a suprir, é este: "O sabão Pears é diferente de qualquer outro que você possa comprar *porque*..." Em outras palavras, Pears é o único sabão puro e livre de aditivos que poderiam ser prejudiciais a peles delicadas. Por razões óbvias, o anúncio não pode alegar explicitamente isso: em primeiro lugar, seria impossível comprová-lo e, portanto, ilegal (*Trade Descriptions Act*, 1968); depois, seria considerado contrário à ética, segundo os códigos profissionais[2].

Estrutura da informação

Os conceitos de coesão e de coerência aplicam-se à maneira como as frases estão encadeadas para constituir um texto. Mas a estrutura textual também pode ser estudada do ponto de vista da estrutura da informação *dentro* das frases. O importante, então, é ver o que na frase consiste não em sujeitos, objetos e verbos, mas antes em unidades de informação que se podem colocar de várias formas em relação umas às outras, adquirindo assim diferentes graus de importância. Ao lidar com estrutura da informação lançamos mão dos seguintes pares de conceitos (cf. Halliday, 1970:160-4):

tema – rema
dado – novo
não-focal – focal

▼

[2]. Ver o British Code of Advertising Practice, que se baseia no International Code of Advertising Practice e é aplicado pela Advertising Standards Authority (ASA), 15-17 Ridgmount Street, London WC1E 7AW.

Tema é aquilo de que trata a frase e *rema* é o que se diz sobre ele. Nos casos comuns, o tema é o sujeito da oração e o restante é rema.

Dado é a informação que se presume ser conhecida no contexto verbal ou não-verbal, ou seja, são informações a que já se fez referência explícita no texto ou que são evidentes no contexto. *Novo* é a nova informação fornecida na frase. Via de regra, a informação dada coincide com o tema e a informação nova com o rema.

O elemento *focal* é, do ponto de vista informacional, o membro mais proeminente de um grupo tônico (que, para nossos fins, podemos considerar equivalentes à frase). Pronuncia-se com um acento característico – o acento nuclear –, que, nos casos normais, recai na última sílaba tônica do grupo (Halliday, 1967). Assim, o elemento focal de uma frase é aquele que contém a informação nova de maior importância.

Imaginemos uma situação em que alguém me pergunte o que é que eu dei ao João no seu aniversário. A resposta natural seria:

(5) Dei a João um **livro**.

(**O negrito** indica o acento nuclear.)

Nessa frase, "eu" é o tema (a frase fala do que *eu* fiz), sendo o rema "dei ao João um livro" (*o que* eu fiz). Na situação, tanto "eu" como "dei" e "João" constituem dados, pois que todos já tinham sido mencionados na pergunta; assim, a única informação nova é "um livro", a qual, portanto, recebe o acento nuclear.

Mas suponhamos agora que alguém perguntou o que eu tinha feito de um livro que me havia emprestado. A minha resposta poderia ser:

(6) Dei o livro a **João**.

Repetindo, "eu" (oculto) é o tema e "dei o livro a João" o rema. Tal como no exemplo anterior, "eu" e "dei" constituem dados, mas "livro" e "João" trocaram de lugar: desta vez, "livro" é um dado (e, conseqüentemente, fala-se dele como "o" livro, e não como "um" livro. Somente "João" é novo. Como a posição final na oração é aquela reservada normalmente para o elemento mais destacado, desta vez é a "João" que cabe esse lugar.

No entanto, poderíamos também dar esta resposta pertinente:

(7) Dei a **João** o livro.

Neste caso, *João* continua a ser a única informação nova, mas a palavra deslocou-se da posição final, embora conserve o acento nuclear. Sempre que o elemento com o acento nuclear ocupa uma posição que não seja a final, diz-se que há um foco manifesto e, se o elemento focal for deslocado de sua posição normal, o efeito será torná-lo mais enfático. Assim, embora (6) e (7) se refiram ao mesmo fato e possam ser enunciados na mesma situação, (7) declara com mais ênfase que (6) é João – e não Maria ou Luísa – que agora está com o livro.

Costuma-se dizer que o texto de propaganda tende a seccionar as frases, usando pontos finais onde a prosa comum empregaria vírgulas ou nenhuma pontuação. Leech (1966:90-7, 113-6, 148-50, 170-4) fala de tal fenômeno como "sintaxe disjuntiva". Na década de 60, esse estilo "jazzístico" ou "tendencioso" era tão empregado que se considerava que ele tinha necessariamente uma capacidade própria de associação. Atualmente é muito menos usado, mas ainda sobrevive, o que nos permite observar um de seus efeitos comunicativos:

(8a) ... um aplicador automático espalha suavemente um creme macio ou uma cor fulgurante, para um acabamento suave e sedoso que dura. E dura.
(8b) ... cores que se conservam sedutoras por mais tempo. Muito mais tempo.

(*Cosmopolitan*, julho de 1977)

Os dois trechos, extraídos do mesmo anúncio, contêm exemplos de frases "incompletas": (a) *E dura* e (b) *Muito mais tempo*. Em ambos os casos estamos tratando de um elemento que poderia ter funcionado como constituinte da frase anterior, mas que foi separado dela por um ponto final. A conseqüência é a ruptura da frase em maior número de unidades de informação, de tal forma que a mesma seqüência vocabular, em vez de um, contém dois elementos focais. Portanto, em (8a), cada ocorrência da palavra "dura" levará o acento nuclear (cf. ... *um acabamento suave e sedoso que dura e dura*) e em (8b) torna-se possível colocar o acento nuclear tanto em *sedutoras por mais tempo* como em *muito mais tempo* (... *cores que se conservam sedutoras por muito mais tempo*).

Conteúdo

Como procuramos demonstrar nas duas seções anteriores, tanto a função comunicativa particular da linguagem empregada como a estrutura interna do texto contribuem para o significado total da mensagem. Evidentemente, a contribuição mais decisiva provém daquilo a que o texto de fato se refere, quer dizer, das palavras empregadas (é por essa razão que fazemos distinção entre significado e conteúdo). Não vamos discutir aqui o uso do vocabulário em propaganda (mas veremos algumas questões do vocabulário – pp. 99-103); o que faremos, primeiramente, é descrever como o conteúdo pode ser comunicado de forma tanto explícita como implícita e, em seguida, apresentaremos algumas técnicas de descrição das estruturas mais amplas do conteúdo dos textos.

Conteúdo implícito e explícito

Toda comunicação baseia-se no princípio de que nada se diz se não há razão para dizê-lo – e esta "boa razão" nos permite extrair várias deduções legítimas daquilo que ouvimos ou lemos. Em outras palavras, é preciso distinguir aquilo que efetivamente se diz daquilo que se deduz do conteúdo do que foi dito ou do mero fato do enunciado. Partindo do relativo grau de certeza com que tais deduções são feitas, é possível distinguir três graus de conteúdo implícito: ilação, pressuposição e expectativa (cf. Leech, 1974:291-301).

Ilação é aquilo que se pode concluir logicamente de uma declaração.

Assim:

(9a) João saiu há dois minutos.

implica que

(9b) João não está no momento.

Pressuposição é aquilo que é obrigatório para que um enunciado seja verdadeiro. Dessa forma, (9a) pressupõe

(9c) João estava aqui há dois minutos.

De modo semelhante:

> (10a) Quando é que você deixou de bater na sua mulher?

pressupõe que

> (10b) Houve um tempo em que você costumava bater na sua mulher.

Em outras palavras, quem enuncia (10a) toma por verdade (10b), sendo impossível responder a (10a) diretamente sem aceitar (10b). Note-se, ainda, que é mais fácil negar uma asserção direta do que pressuposições. Portanto, se alguém me acusa de bater na minha mulher, dizendo "Você às vezes batia na sua mulher", posso negar a asserção dizendo "É claro que não" ou "Isso é mentira". Mas, se alguém me fizer a pergunta (10a) e eu não aceitar a pressuposição, só posso deixar isso claro recusando-me a responder à pergunta e declarando algo como "Escute, essa é uma pergunta absurda: nunca bati na minha mulher e é isso, de fato, que você está insinuando".

A *expectativa* se apóia no princípio da "boa razão". Sempre que alguma coisa é dita, presume-se que deva haver alguma razão para se dizê-la. A razão pode ser que o que é dito nem sempre acontece, que o receptor não saberá de certos fatos a não ser que lhe sejam apontados, e assim por diante.

> (11a) Em nosso departamento, ninguém entende mais de sociolingüística do que João.

acarreta

> (11b) que João entende mais de sociolingüística do que todas (ou a maioria) as outras pessoas em nosso departamento.

Numa situação em que um aluno me pediu para revisar um ensaio sobre sociolingüística e eu lhe respondi enunciando (11a), seria justo que ele entendesse pela minha afirmação que o estou remetendo a um colega, João, pois as regras normais de expectativa o levariam a inferir (11b) de (11a). Para ver que é assim, basta imaginar como reagiria o aluno se eu, mais tarde, esclarecesse que tudo o que eu na realidade dissera sobre João era que

(11c) João entende tanto de sociolingüística quanto qualquer outra pessoa do departamento.

No discurso comum, se alguém enunciar (11a) e alegar que apenas queria dizer (11c), diremos que está sofismando.

As regras normais de expectativa provavelmente só se aplicam plenamente às funções informacionais e diretivas da linguagem. Com certeza, elas ficam suspensas na função interacional. Quando dizemos "Que linda manhã" ou "Há quanto tempo não nos vemos", não partimos do princípio de que o interlocutor precise ser informado desses fatos.

Na linguagem publicitária, que, quase por definição, deve fazer o máximo possível de alegações positivas a favor do produto, sem de fato fazê-las, o recurso à pressuposição e à expectativa é muitíssimo freqüente.

Consideremos as seguintes chamadas:

(12a) Qual destes padrões continentais de colcha combinará melhor com o seu quarto?

(*Reader's Digest*, setembro de 1977)

o que pressupõe

(12b) Todos estes padrões continentais de colcha combinarão com o seu quarto.

(12c) Um destes padrões continentais de colcha combinará com o seu quarto melhor do que os outros.

E agora:

(13a) Por que cada vez mais homens estão preferindo Flora?
(*Reader's Digest*, abril de 1977)

o que pressupõe

(13b) Cada vez mais homens estão preferindo Flora.

A razão para o emprego destas chamadas – que pressupõem, em vez de afirmar, o conteúdo das declarações que citamos como (12b), (12c) e (13b) – está naquilo que dizíamos antes sobre a diferença entre asserção e pressuposição: é muito mais fácil questionar ou negar uma asserção do que uma pressuposição.

O jogo com a expectativa, na linguagem publicitária, talvez seja um pouco menos evidente do que com a pressuposição, mas pelo menos é tão comum e comprovado pelos publicitários profissionais que criticam os critérios do seu ofício (ver Stevens, 1972:26-74; Wight, 1972:46-88).

Típica é a frase contendo uma expressão negativa e um adjetivo comparativo. Compare-se com o exemplo anterior (11):

(14a) Atenta à beleza, atenta ao valor, você não pode comprar nada melhor que Rimmel.
(*She*, outubro de 1977)

donde

(14b) Rimmel é o melhor que você pode comprar.

embora, "na realidade", somente afirme

(14c) Rimmel é tão bom quanto qualquer outro que você possa comprar.

De fato, sempre que se emprega uma negativa para proclamar que o produto está livre de certas características indesejáveis, o argumento só tem sentido porque as regras de expectativa nos permitem deduzir que os produtos concorrentes apresentam tais características. É o que acontece em casos como:

(15a) [X] é o leve creme umectante.
Não é oleoso nem viscoso.
(*Cosmopolitan*, julho de 1977)

o que implica

(15b) Outros cremes umectantes são oleosos e viscosos.

No caso de alegações positivas, a regra é que o princípio da "boa razão" nos leva a esperar que, se é feita uma alegação definida a favor de um produto, é porque ele difere dos concorrentes nesse particular. Por exemplo, se o anúncio de um analgésico, digamos, menciona solubilidade várias vezes, deve haver alguma razão para isso, e, daí, depreende-se

(16) Nenhum outro analgésico é solúvel.

o que não é verdade.

Papéis dos participantes

Na situação de comunicação da propaganda, distinguem-se três participantes: o anunciante, o produto e o comprador potencial. Uma das questões que nos ocupam neste livro é como eles se caracterizam nos textos publicitários e como essa caracterização varia segundo fatores como sexo e classe social dos leitores (ver capítulo 4). Em *Sémantique structurale*, de 1966[3], A. J. Greimas apresenta vários modelos para a análise da estrutura do conteúdo dos textos. De particular interesse é o chamado modelo *actancial*, originariamente concebido como instrumento de análise de mitos e contos populares.

Segundo Greimas, as narrativas são análises em termos de três pares de *actantes* e respectivas relações:

sujeito – objeto
adjuvante – opositor
doador – receptor

O *sujeito* (o herói) compete por algum *objeto* desejado (uma princesa, honra, riqueza, liberdade); aos seus esforços se opõe um *opositor* (o vilão, um dragão, um gigante), mas é ajudado pelo *adjuvante* (seus adeptos, uma fada); finalmente, o *doador* (normalmente, alguém de posição superior ao sujeito – o rei, por exemplo) entra e dá o objeto ao *receptor* (o beneficiário final, seja o herói ou outrem – por exemplo, o povo). Os atacantes desempenham papéis abstratos que, na narrativa concreta, são representados por *atores* concretos. Greimas esquematiza o modelo da seguinte forma (a título de ilustração, aproveitamos o mito de Robin Hood para indicar os atores):

▼
3. Ver, em particular, pp. 172-91. Para discussões críticas introdutórias em inglês, ver Scholes (1974:102-11) e Culler (1975:75-95).

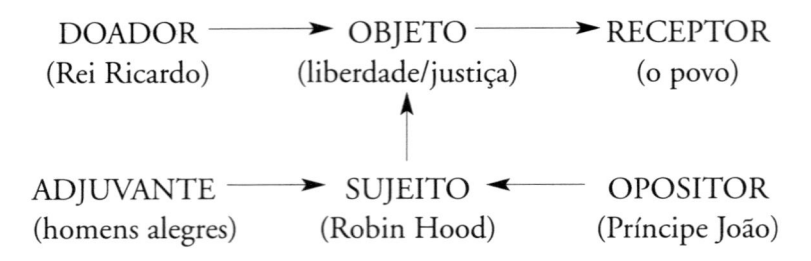

```
DOADOR ──────▶ OBJETO ──────▶ RECEPTOR
(Rei Ricardo)   (liberdade/justiça)   (o povo)
                     ▲
                     │
ADJUVANTE ───▶ SUJEITO ◀────── OPOSITOR
(homens alegres)  (Robin Hood)     (Príncipe João)
```

Tentemos agora aplicar esse modelo a um exemplo concreto de redação publicitária:

(17) **O Sorriso Sanatogen.**
   As vitaminas são essenciais à boa saúde. Teoricamente, você poderia obter todas as vitaminas de que necessita através de uma dieta adequadamente equilibrada.
   Às vezes, porém, você anda excepcionalmente atarefa-
5 do e faz apenas um lanche escasso. O qual, evidentemente, só poderá conter vitaminas escassas. Se você está fazendo regime e ingerindo menos calorias, também é provável que esteja ingerindo menos vitaminas. Requentar a comida pode reduzir o conteúdo de vitaminas.
10   E, claro, se você corta uma refeição, corta igualmente tudo o que ela contém. Sanatogen Multivitaminas dá a você vitaminas e minerais essenciais que ajudam a manter a boa saúde. Por isso, tome um comprimido de Sanatogen todas as manhãs e tenha certeza de obter as vita-
15 minas e minerais de que necessita para agüentar o resto do dia. Você já adquiriu o Sorriso Sanatogen?
   Sanatogen Multivitaminas
   Uma por dia, todos os dias, para uma saúde positiva.

(*Reader's Digest*, abril de 1977)

O anúncio consiste em *título* ou *chamada*, *texto* e um *slogan* (além da ilustração, que aqui não vem ao caso). As palavras do título são repetidas como o elemento focal da última frase do texto ("o Sorriso Sanatogen"), assim como o elemento focal da primeira frase é repetido sob a forma de variante como o elemento final do *slogan* ("boa saúde" – "saúde positiva"). Não há, pois, a menor dúvida de que a boa saúde e seu símbolo, o "Sorriso Sanatogen", são o objeto desejado que o sujeito "você" persegue. Na busca da boa saúde, o sujeito é auxiliado pelo adjuvante, "vitaminas e minerais que ajudam a manter a boa saúde". O opositor está representado pelas forças resultantes de um conteúdo insuficiente de vitaminas – um lanche escasso, fazer regime, comida requentada, corte de uma refeição. Finalmente, o doador e o receptor estão representados, respectivamente, pelo produto e por "você" – "Sanatogen Multivitaminas *dá* a você vitaminas e minerais essenciais".

Este é um exemplo típico de representação dos papéis actanciais, embora a distribuição desses papéis seja talvez mais evidente do que na maioria dos anúncios. De particular interesse são os fatos de o papel do objeto não ser preenchido pelo produto, mas por alguma qualidade ou estado associado a ele, e de o consumidor ("você") ser ao mesmo tempo o sujeito e o receptor. Em outras palavras, a propaganda procura dizer-nos, não que precisamos dos produtos em si, mas antes que os produtos nos podem ajudar a obter outra coisa qualquer, cuja necessidade sentimos. O que é essa coisa qualquer, veremos nos capítulos 5 e 6.

O modelo actancial serve para a análise do conteúdo estrutural dos textos. Aborda o texto em termos de relações entre papéis (actantes). Há paralelos interessantes entre esse modelo e a teoria gramatical conhecida como *gramática de casos* (ver Fillmore, 1968, 1971; Anderson, 1977), que encara as frases como relações entre papéis, sendo tais relações expressas pelos verbos (assim como por adjetivos e preposições) e os papéis expressos pelos substantivos. O que inspirou a gramática dos casos foi a observação de que a análise das frases em termos de sujeito-verbo-objeto-advérbio nada revela sobre o significado delas. Numa frase como "o químico dissolveu o metal no ácido", o sujeito denota o ator que executa a ação (agente), o objeto é a grandeza afetada pela ação (objetivo) e o adjunto adverbial é a grandeza empregada na execução da ação (operacional). Em "o ácido dissolveu o metal", é o operacional que ocorre como sujeito. Finalmente, o sujeito é objetivo em "o metal dissolveu-se [no ácido]".

Em conseqüência de observações como esta, os gramáticos dessa escola sugerem que operemos com um modelo de frase em que as relações entre os elementos – os papéis que desempenham enquanto casos – são diretamente caracterizadas. Nesta altura, o problema consiste em estabelecer um inventário de papéis-caso que seja ao mesmo tempo suficientemente detalhado e suficientemente genérico para a descrição de textos. Infelizmente, não existe uma versão final da gramática dos casos, mas, para efeitos práticos, já nos serve o seguinte inventário:

agente (agt.)   Uma pessoa ou entidade instigando a uma ação:
"*João* abateu a árvore."
operacional (op.)   Objeto ou força que entrou como causa na ação:
"João abateu a árvore com *um machado*";
"*a poluição do rio* matou os peixes";
"*a explosão* sacudiu o edifício".

dativo (dat.)	Pessoa ou entidade que possui ou recebe alguma coisa: "*João* tem um cachorro"; "*João* recebeu um presente"; "Pedro deu um livro a *João*".
sensor (sens.)	Pessoa ou entidade que tem uma sensação ou recebe uma impressão sensorial: "*Pedro* viu o filme"; "João acredita que a Terra é plana"; "o filme agradou a *Pedro*".
factitivo (fact.)	O que adquire vida em resultado de ação/processo/evento: "Pedro fez *uma mesa*"; "João escreveu *uma carta*"; "a diplomacia deles redundou *em guerra*".
objetivo (obj.)	Pessoa/entidade afetada pela ação ou passivamente envolvida: "Pedro abateu *a árvore*/matou *João*"; "Pedro tem *um cachorro*/viu *o filme*"; "*o filme* agradou a Pedro". Na sua maioria, as orações complementares também podem ser analisadas como obj.: "Pedro acredita *que a Terra é plana*".
locativo (loc.)	O lugar onde se situa alguma coisa ou onde ocorre algum processo: "O departamento fica *nesses edifícios*"; "o departamento ocupa *esses edifícios*"; "*esses edifícios* abrigam o departamento".

Dado que o modelo actancial e a gramática dos casos se ocupam essencialmente da mesma coisa, embora em níveis diferentes (respectivamente, o texto e a frase), esperamos que haja correlações entre análise actancial e análise de casos de um texto. Seria razoável esperar, por exemplo, que o sujeito seja muitas vezes definido como agt. ou sens., que as orações complementares sejam obj., op. ou fact., que o doador seja agt., o receptor dat. ou sens., o adjuvante agt. ou op. e o oponente agt. As divergências sistemáticas dessas hipóteses deverão ser, de certa forma, significativas. Também é preciso estar atento às situações em que os papéis-caso e a configuração semântica das palavras não condigam, por exemplo, com situações em que as coisas ocorram no papel agt. ou as pessoas ocorram como obj.

Voltemos agora ao anúncio do Sanatogen. Os papéis-caso dos atores – boa saúde/o sorriso Sanatogen (objeto), você (sujeito/receptor), vitaminas e minerais (adjuvante), um lanche escasso/comida requentada, etc. (opositor), Sanatogen (doador) – são apresentados mais adiante com os verbos que lhes servem para desempenhar os respectivos papéis. Um travessão antes do verbo indica que o substantivo é o sujeito gramatical e outro travessão depois do verbo indica que ele é o objeto. Os números das linhas vêm entre parênteses.

boa saúde/o sorriso Sanatogen	fact.	essenciais à – (1), manter – (12), para – (17)
	obj.	já adquiriu – (16)
você	dat.	– obter (2, 14), – necessita (2, 15) dá – (11), agüentar – (15), – já adquiriu (16)
	agt.	– anda atarefado (4), faz apenas um lanche escasso (5), – está fazendo regime (7), – ingerindo

		(7, 8), – requentar (8, 9), – cortar (10), – tome (13)
	sens.	– tenha certeza (14)
vitaminas e minerais	obj.	– são essenciais (1), obter – (2, 14), necessita – (2, 15), conter – (6), ingerindo – (7), reduzir – (9), dá a você – (11), – agüentar (15)
	agt.	– ajudam (12)
lanche escasso, etc.	obj.	poderá conter – (5), cortar – (10)
	dat.	– poderá conter (6)
	op.	– reduzir (9)
Sanatogen	agt.	– dá (11)
	obj.	tome – (13)

(Em algumas passagens incontroversas, acrescentamos um nome omitido, por exemplo, "[você] tome um comprimido de Sanatogen" (12), "[as vitaminas e minerais] para agüentar o resto do dia" (14).

Os papéis-caso do objeto e do sujeito/receptor concordam perfeitamente com as hipóteses: a "boa saúde" surge como resultado dos esforços conjuntos do sujeito, do doador e do adjuvante e é o objeto que o sujeito/receptor deseja possuir. De forma semelhante, "você" ocorre nos papéis de dat., agt. e sens., como seria de esperar do sujeito/receptor. As "vitaminas e minerais", por outro lado, ocorrem só uma vez no papel-caso (agt.), o que seria de esperar de um adjuvante, mas várias vezes no caso objetivo, papel característico das coisas. Evidentemente, isso ocorre porque, apesar do seu papel de adjuvante, a palavra "vitaminas" representa, afinal, o produto anunciado. A análise dos papéis-caso demonstra, portanto, que o produto é tratado como objeto em medida muito mais ampla do que seria de esperar partindo da análise actancial. O opositor – "lanche escasso", etc. – também se apresenta, inesperadamente, em papéis-caso. Note-se, contudo, que o verdadeiro opositor não são lanches escassos ou refeições enquanto tais, mas o fato de comer lanches escassos e cortar refeições. Assim, os elementos com que a análise actancial lida em nível textual não são acessíveis, pura e simplesmente, à análise ao nível das frases. Deve-se assinalar, por fim, que, embora o opositor e o doador não venham mencionados com tanta freqüência como o sujeito, o objeto, o receptor e o adjuvante, a verdade é que esse texto é bastante incomum na medida em que menciona todos. Os participantes centrais da maioria dos textos publicitários são o sujeito/receptor (você), o adjuvante (o produto) e o objeto (certa qualidade associada ao produto).

A MENSAGEM VISUAL

Já dissemos que a combinação de texto verbal e ilustração se torna cada vez mais importante em nossa cultura, embora as pesquisas a esse respeito não reflitam isso. Enquanto, por um lado, dispomos de um corpo extenso e razoavelmente bem fundamentado de técnicas lingüísticas para o desenvolvimento do estudo dos textos escritos, e, por outro lado, há uma longa e venerável tradição no estudo das ilustrações isoladamente (por exemplo, na história da arte), só agora é que começam a surgir pesquisas sobre textos de comunicação em massa, produzidos industrialmente, conjugando elementos verbais e visuais. O que diremos nesta parte, então, se limitará ao nível exploratório. Daremos ênfase a dois temas: a relação entre texto e ilustração e a forma como nos comunicamos por meio de imagens, isto é, a relação entre as imagens e o conteúdo que elas comunicam.

Texto e ilustração

Observemos a figura 1. É a fotografia de um homem e uma mulher (o então Presidente Carter e a Sra. Thatcher) conversando. Ou melhor, é ele quem está lhe falando e ela parece estar escutando com atenção. Vamos tentar examinar as imagens enquanto comunicação, observando em que medida a comunicação visual difere da verbal. Digamos, para efeito de discussão, que a foto do Presidente Carter e da Sra. Thatcher seja equivalente à mensagem verbal:

(18) Na semana passada, a Sra. Thatcher encontrou-se com o Presidente Carter em Washington.

A diferença mais importante entre a imagem e o texto (verbal) é que este contém um verbo conjugado num tempo

Figura 1 "Olá!" – O presidente Carter e a Sra. Thatcher
News of the World, setembro de 1977

definido. Sempre que dizemos alguma coisa, temos que escolher entre as formas de tempos e conjugações de que a língua dispõe ("encontra", "está encontrando", "encontrou-se", "tinha-se encontrado" etc.). Ao contrário, as imagens são atemporais. Como dizíamos (pp. 24-6), a linguagem consegue referir-se ao seu contexto por meio do fenômeno chamado *dêixis* e o tempo dos verbos é uma categoria dêitica (cf. Lyons, 1977:677-90), pois constitui um dos meios pelos quais indicamos se o evento ou o estado a que alude um enunciado é simultâneo ou anterior ao momento em que foi proferido.

Como o tempo dos verbos é uma categoria obrigatória, praticamente a *dêixis* temporal nunca está ausente de um enunciado. Por outro lado, a *dêixis* espacial e a pessoal são opcionais, na linguagem: o enunciado pode fazer ou não referência à sua localização ("aqui") e ao emissor/receptor ("eu", "você"). Nas ilustrações, porém, essas categorias dêiticas também faltam sempre e, portanto, a ancoragem dêitica, de importância básica para a interpretação correta de uma mensagem verbal, está sempre ausente numa imagem. Por essa razão, Barthes (1964) diz que as imagens são ambíguas ou polissêmicas, enquanto as mensagens verbais são (ou, ao menos, podem ser) não-ambíguas e monossêmicas.

Quando texto e imagem coincidem nos veículos impressos, a relação mais freqüente entre um e outra é o que Barthes (*ibid.*) chama de *ancoragem*. O sentido deste termo deve ficar, agora, bem claro: o texto (por exemplo, uma legenda) proporciona o elo entre a imagem e a situação espacial e temporal que os meios puramente visuais de expressão não permitem estabelecer. (Na realidade, para Barthes o termo não abrange apenas a ancoragem dêitica, mas tudo o que, no texto, ancora a imagem na realidade, ajudando-nos a interpretá-la.) Ao mesmo tempo, o texto também seleciona uma entre várias interpretações possíveis da imagem, razão pela qual se pode dizer que, enquanto uma imagem em si mesma é sempre neutra, se tiver título ou legenda nunca o será.

A legenda da foto Carter-Thatcher é a seguinte:

(19) "Olá": O Presidente Carter interrompe uma agenda febril para receber a Sra. Thatcher em Washington.

Algumas informações dadas na legenda são claramente ancoradoras: ficamos conhecendo a identidade das duas pessoas retratadas (daqui em diante, *atores*) e que o lugar é Washington. Não há referência ao tempo, mas o fato de a Sra. Thatcher estar acabando de chegar de uma viagem aos Estados Unidos talvez constituísse um conhecimento básico de ordem geral na época em que o jornal saiu.

No exemplo Carter-Thatcher, o verbo na legenda de ancoragem está no presente do indicativo ("interrompe"). Quando – como neste caso – o verbo que expressa um evento é usado no presente do indicativo, geralmente indica que o evento ocorre no momento presente. O uso do presente é encontrado nos comentários esportivos ("Walker *desfere* um direto no Índio" – ver Leech, 1971:2), e foi adotado também nos títulos e nas legendas dos jornais (Leech, 1971:8). É com o sentido de "verdade eterna" ("o sol *se levanta* no Oriente") que encontramos com maior freqüência o presente do indicativo na ancoragem de textos publicitários. Vemos esse tipo ilustrado em

(20) Um diamante é para sempre.

(*Ms Magazine*, maio de 1977)

que aparece como *slogan* sob a imagem de um casal jovem. Os dois estão abraçados, e na mão esquerda da moça vê-se um anel de diamantes.

Barthes (1964) chama as outras funções significativas do texto em relação à imagem de relé. Um exemplo típico de relé são os balões das histórias em quadrinhos. Ao contrário da ancoragem, o relé denota uma relação recíproca entre texto e imagem na qual cada um contribui com sua parte para o conjunto de mensagem. No caso de (19), pode-se tomar "Olá" como um exemplo de relé, pois se presume que entendemos ser isso o que Carter está dizendo. No entanto não se trata de um caso puro de relé. A palavra "olá" também orienta a nossa interpretação da foto, no sentido de a entendermos como uma cena de boas-vindas. Outro jornal poderia muito bem ter usado a mesma foto para mostrar aos leitores que o Presidente Carter advertiu a Sra. Thatcher contra o risco de prejudicar as negociações Leste-Oeste com declarações precipitadas. Inevitavelmente, há um forte elemento de ancoragem até naquilo que pretende ser um claro exemplo de relé. É o que sucede com praticamente todas as legendas de fotos para a imprensa e com os textos publicitários, afora os casos relativamente raros em que o anúncio toma a forma de história em quadrinhos (ver fig. 11).

Imagens e comunicação

Ninguém nega que as imagens comunicam, mas o problema é que isso não autoriza a conclusão de que elas podem ser analisadas por procedimentos análogos aos aplicados à análise do meio de comunicação por excelência – a linguagem (Eco, 1976:213 ss.). Fora de certos códigos altamente convencionais, como os sinais rodoviários, não é possível analisar imagens nos mesmos termos que frases, palavras, morfemas e fonemas da linguagem.

Ícone, índice e símbolo

Se alguma coisa pode ser utilizada para comunicar, é porque ela pode representar outra coisa. Tanto na lingüística como nessa disciplina mais genérica que é a semiótica, costuma-se chamar a função representativa de função *sígnica*. Peirce (1960:156-73) distingue três tipos de relação entre um signo e seu objeto (o que ele representa), a saber, a icônica, a inicial e a simbólica.

Num *ícone*, a relação entre signo e objeto ou é natural ou motivada. Quer dizer, em certo aspecto culturalmente relevante o signo nos impressiona pela semelhança com seu objeto. A similitude pode variar desde as mesmas propriedades físicas (como no caso de uma espingarda de brinquedo que representa uma espingarda de verdade) até uma remota igualdade de uso (um cabo de vassoura pode representar um cavalo, pois ambos podem ser cavalgados, cf. Gombrich, 1963:1-11). Da mesma forma, a similaridade pode depender de uma convenção, em maior ou menor medida: um círculo com três linhas e uma curva representará um rosto humano sorridente ou triste, conforme a curva esteja voltada para cima ou para baixo. Vejamos agora, como exemplo de ícone menos convencionalizado, de que maneira uma boa distribuição de sombras de branco e cinza pode representar "uma caneca de cerveja geladinha e espumante" (ver fig. 2). A forma mais simples de ilustração publicitária é, de fato, a imagem icônica: a foto do produto contra um fundo neutro.

Na linguagem, os signos icônicos (isto é, as palavras) são relativamente raros. De fato, constitui um princípio básico da lingüística estrutural o fato de não haver nenhuma conexão natural entre uma palavra e o que ela denota. Por exemplo,

Figura 2 Stella Artois (fragmento)
Mayfair, agosto de 1977

não há nenhuma razão natural para que a palavra "cavalo" denote um "quadrúpede herbívoro de cascos sólidos, de aspecto gracioso e cauda" e não uma "imensa ave de rapina, de visão aguda e vôo poderoso" (*COD*). Os signos lingüísticos motivados – isto é, as palavras semelhantes ao que denotam – ocorrem apenas nos casos relativamente raros de onomatopéia, como, por exemplo, "cuco" e "miado".

A relação de similaridade tem pouca importância na área do vocabulário, mas assume um papel relevante quando passamos ao uso da língua. Em retórica, que é uma teoria do discurso, a figura da metáfora pode ser definida por referência à relação icônica: substitui-se uma palavra por outra de sentido semelhante. Vejamos o seguinte exemplo:

Enraizada, a floresta *se debate em seus grilhões*
E *se lança* contra a nuvem.
(Alice Meynell, "The Rainy Summer")

As palavras em itálico foram empregadas em sentido metafórico: numa tempestade, a floresta se debate como se estivesse agrilhoada ao solo e quisesse libertar-se. Note-se que as metáforas não ocorrem apenas na poesia e na prosa "retórica", mas também na linguagem cotidiana. Ao usar expressões como "devorar um livro" ou "um riso claro", estamos empregando metáforas.

Na linguagem da propaganda é muito comum o recurso às metáforas. Mencionemos um único exemplo, o da famosa campanha da Esso "Ponha um tigre no seu tanque", em que, evidentemente, "tigre" está empregado metaforicamente (tigre = força = gasolina Esso).

O *índice* é um signo usado para representar seu objeto, pois normalmente ocorre em estreita associação com ele. A metonímia[4], velha figura de retórica, apóia-se na relação indicial. Temos exemplos clássicos de metonímia em "a coroa", por "o rei", e em "a Casa Branca" por "o governo dos Estados Unidos".

As imagens indiciais são extremamente freqüentes nas ilustrações publicitárias. Ou melhor, ao usar imagens, muitas dessas ilustrações procuram estabelecer uma relação indicial entre o produto e alguma outra coisa que via de regra se considera ter conotações favoráveis. Se o anúncio for bem-sucedido, essas conotações se refletirão no produto. Observe-se a figura 3: além do aviso legal do governo sobre os riscos para a saúde, o anúncio consiste apenas numa ilustração retratando um maço de cigarros, uma xícara de café e um cálice de conhaque sobre uma toalha vermelha. O texto, impresso sobre o fundo da ilustração e não num *box* em separado, está reduzido ao mínimo: somos apenas informados do preço do produto e do fato de que Silk Cut são os cigarros de baixo teor de alcatrão mais vendidos na Grã-Bretanha. Dessa forma, deixa-se que a ilustração fale por si mesma, ficando o sentido bastante claro. Os cigarros Silk Cut fazem parte de uma situação a que também pertencem o café e o conhaque.

Essa tentativa de estabelecer uma relação indicial entre certo produto e uma situação desejável é extremamente freqüente em imagens publicitárias. O anúncio do anel de diamantes que mencionamos acima (p. 49) apóia-se numa convenção firmemente estabelecida, surgindo em vários outros casos a relação anel = amor. Por exemplo:

▼

4. Na realidade, a retórica clássica estabelece uma distinção entre metonímia, que é uma relação de contigüidade (por exemplo, "Whitehall" por "governo britânico"), e sinédoque, figura pela qual se emprega o todo pela parte (por exemplo, "a coroa" por "o rei"). A exemplo de Jakobson (1956:90 ss.), juntamos as duas numa só, pois ambas se baseiam na relação de divisão.

(21) Uma aliança de diamantes demonstra o seu amor melhor do que qualquer outra coisa.

(*Cosmopolitan*, julho de 1977)

que faz parte de um texto de ancoragem do anúncio de anéis de diamante, mostrando fotos ampliadas de anéis e a foto de um jovem casal. De fato, a relação anel = amor está tão firmemente estabelecida que um anel pode, por si só, tornar-se um *símbolo* do amor por convenção iconográfica. No entanto, também se recorre às relações indiciais entre amor e outros produtos em casos em que a convenção não é tão estabelecida: cosméticos, cigarros, automóveis, bebidas alcoólicas, fogões a gás e elétricos.

O trinômio ícone, índice e símbolo pode ser considerado uma divisão de signos em grau decrescente de naturalidade: o ícone é um signo cuja conexão com o objeto repousa num certo tipo de similaridade, a relação indicial é uma relação de contigüidade e, finalmente, o símbolo é um signo cuja conexão com seu objeto baseia-se (mais ou menos) numa convenção. A maioria dos signos lingüísticos (palavras) não é motivada, constituindo, portanto, símbolos. De modo inverso, no reino das imagens, muitos casos aparentemente puros de símbolos têm, afinal, origem "natural": se remontarmos a história de um símbolo até sua origem, é provável que encontremos alguma conexão entre o signo e seu objeto. Assim, uma cruz representa "religião", pois Cristo foi crucificado; a pomba é o símbolo da "paz" e da "esperança", porque se acredita ser ela uma ave muito pacífica e porque o regresso da pomba à Arca de Noé, com um ramo de oliveira no bico, era o sinal de que as águas iam baixar; finalmente, um anel pode ser o símbolo do "amor" porque os casais trocam anéis.

Figura 3 Red Silk Cut
Titbits, julho de 1977

Red Silk Cut 51p.
Preço sugerido no varejo em 10 de junho.

Silk Cut. O cigarro de baixo teor de alcatrão mais vendido na Grã-Bretanha.

BAIXO TEOR conforme determinação do Governo de S.M.
TODO MAÇO CONTÉM UMA ADVERTÊNCIA DO GOVERNO SOBRE OS RISCOS À SAÚDE

Os casos mais patentes de símbolos visuais ocorrem quando uma metáfora verbal se interpõe entre a imagem e seu objeto: um coração simboliza "amor", porque na tradição literária se acredita que tal sentimento reside no coração (ver adiante, p. 119).

Por razões óbvias, portanto, os símbolos visuais são raros nas imagens publicitárias: é necessário um empenho publicitário sistemático para que se estabeleça um elo entre uma imagem arbitrária e determinado produto. No entanto, os exemplos não faltam. Assim, muitas marcas de automóveis têm símbolos completamente não-motivados (ver fig. 4). Em outros casos, o nome do produto vem escrito em tipos característi-

Figura 4 Símbolos de fábricas de automóveis

cos, que acabam por simbolizar o produto (por exemplo, Coca-Cola, Ford). Mas os casos em que uma metáfora verbal se interpõe entre o símbolo e o produto são mais numerosos, simplesmente porque a expressão verbal intermediária facilita o estabelecimento do vínculo. Temos um exemplo bem recente disso no tigre da Esso: tornou-se o símbolo do nome do produto, com a campanha "Ponha um tigre no seu tanque". A metáfora verbal que está por trás do símbolo cria a equação tigre = força = gasolina Esso. Se o tigre permanecer em uso depois de esquecida a chamada, o símbolo se aproximará da condição de não-motivado.

Para outro exemplo de símbolo verbalmente mediatizado, observe-se como uma certa raça de cães pode representar determinada marca de sapatos (Hush Puppy, ao pé da letra *Cachorrinho Manso*). Aqui, o elo entre o símbolo e o objeto é mais evidente porque a metáfora intermediária (cachorrinhos = maciez = sapatos Hush Puppy) ocorre no próprio nome da marca.

Denotação e conotação

Ao comentar a foto Carter-Thatcher (pp. 47-50 e fig. 1), destacamos que, enquanto meio de comunicação, as imagens são muito mais ambíguas do que a linguagem e que, portanto, é preciso ancorá-las, recorrendo muitas vezes a um texto verbal. Se as imagens são vetores muito mais vagos de comunicação e, conseqüentemente, muito menos confiáveis, seria o caso de perguntar por que, afinal, se recorre a elas. Por que não utilizamos exclusivamente a linguagem? A resposta, obviamente, está na própria ambigüidade da imagem: aquilo que lhe falta em precisão e claridade, sobra-lhe em riqueza de informação. Por um lado, a imagem é menos explícita que o texto verbal, mas, por outro, tem a vantagem de poder comunicar mais coisas de imediato e simultaneamente. Tal como a poesia, as imagens requerem interpretação e, assim, o destinatário é forçado a participar ativamente, embora quase sempre de maneira subconsciente.

Observemos mais de perto a foto Carter-Thatcher. Em determinado nível ela retrata um homem e uma mulher. Ele é um pouquinho mais alto do que ela. A mão direita dele erguese num gesto, a esquerda parece estar no bolso; a boca está entreaberta, como se ele estivesse falando, o olhar fixo num ponto que não se pode ver. Ela levanta o olhar para ele, a cabeça ligeiramente inclinada, a boca fechada e, a julgar pela posição dos braços, está com as mãos cruzadas à sua frente. Barthes (1964) diria que a informação que até agora extraímos da foto é o que está objetivamente presente; segundo o lingüista, todos seriam capazes de ver isso, independentemente da bagagem cultural. Barthes chama a informação que se pode obter de uma imagem, sem recurso às convenções culturais, de *denotação*[5].

Ao prosseguirmos a análise e indagarmos o que "significa" essa configuração específica dos dois atores e a posição de um em relação ao outro, já nos deslocamos do nível de denotação para o da *conotação*. Não é possível apreender plenamente as conotações de determinada imagem, pois as conotações que um signo evoca em certo indivíduo dependem de toda a sua vivência anterior e, conseqüentemente, as conotações de um

▼

5. A idéia de que a denotação de uma imagem não está culturalmente codificada foi seriamente questionada por Umberto Eco (1976:191).

determinado signo variam de uma pessoa para outra. Por outro lado, na medida em que os membros de uma cultura compartilham efetivamente de vivências e expectativas, as conotações dos signos podem ser consideradas, em grande parte, comuns a todos.

Voltando à foto Carter-Thatcher, podemos descrever as suas conotações em termos de três conjuntos de conceitos opostos:

1. *falando – ouvindo*. Tanto a posição da mão direita dele, captada no meio de um gesto, como a boca entreaberta indicam estar ele falando, ao passo que a inclinação da cabeça dela e a direção do olhar têm a conotação de uma escuta atenta.
2. *despreocupação – concentração*. A posição de Carter, com uma das mãos gesticulando e, particularmente, a outra no bolso, conota despreocupação e confiança em si. Todos conhecemos o valor conotativo da posição de mão no bolso, mas a das mãos cruzadas na frente não é tão conhecida, embora conote deferência/defesa/tensão. Para fazer esta apreciação, basta imaginar a total incongruência que resultaria se, por exemplo, ela ficasse com as mãos cruzadas atrás das costas.
3. *superior – inferior.* Além do fato de ser ele mais alto do que ela, as observações acima conotam, todas elas, uma diferença de posição.

Se é correto dizer que as conotações do mesmo signo variam conforme as pessoas, não o é menos dizer que os signos com a mesma denotação podem ter diferentes conotações em diferentes contextos. Suponhamos duas imagens de cães: uma, a do famoso cão de "A Voz do Dono" (HMV – His Master's Voice), escutando; outra, a silhueta vermelha de um cão contra o fundo branco de um portão. Embora as duas imagens sejam denotativas de "cão", a primeira é conotativa de "fidelidade" e a segunda de "cuidado com o cão". Portanto, pode-se dizer que as imagens denotam seus objetos em virtude de sua real configuração de linhas e cores, mas podem ser *usadas* para conotar várias coisas segundo as circunstâncias em que estejam colocadas.

A importância de distinguir denotação de conotação na linguagem está comprovada. Assim, tanto "cavalo" como "corcel" denotam "quadrúpede herbívoro de cascos sólidos, de aspecto gracioso e cauda" (*COD*), mas os dois têm conotações diferentes por causa dos contextos diferentes em que habitualmente são usados. Leech (1966:154) descobriu que, na linguagem publicitária, a palavra mais freqüente para "aquisição do produto" era *get* (obter, adquirir) e não *buy* (comprar). Não há dúvida de que a razão disso é o fato de "comprar" ter certas conotações desagradáveis (desfazer-se de dinheiro), que não estão presentes em "obter" ou "adquirir" (voltaremos ao assunto às pp. 99 ss.).

Ênfase visual

Já vimos (pp. 30-4) como a disposição das unidades de informação num texto pode ser usada para lhes atribuir diferentes graus de realce. Agora, vamos ver se mecanismos semelhantes se aplicam à estrutura das imagens. Entre os textos verbais e as imagens há uma diferença importante, já que o texto verbal e sua unidade menor, a oração, têm começo e fim, além de que só podem ser lidos começando pelo começo e terminando pelo fim. Ora, essa dimensão temporal falta às imagens: é possível explorar de imediato uma imagem inteira. Há nelas a descobrir, no entanto, algo correspondente a um começo e um fim, provavelmente porque as examinamos influenciados pelo hábito de ler uma página. Quando lemos, o olhar se move do canto superior esquerdo para o canto inferior direito da página — e essa diagonal constitui, na verdade, uma dimensão extremamente importante de muitas pinturas e do desenho publicitário.

Na figura 5 pode-se observar de que modo a diagonal é usada para dar ênfase às partes mais importantes de um anúncio e guiar os olhos para a parte mais importante da mensagem. A ilustração mostra duas mulheres, uma mais velha que a outra. A mais velha está de pé, atrás da mais jovem, que se acha sentada aplicando uma maquilagem para os olhos. Ambas estão olhando para a imagem da moça no espelho que ela está segurando com a mão esquerda. As únicas partes claramente definidas da foto (a cabeça das duas mulheres, o corpo e os braços da mais nova) se acham na diagonal que vai do canto esquerdo superior ao direito inferior. Consegue-se isso recorrendo à luz e ao foco: o canto inferior esquerdo, ocupado pelo corpo da mulher mais velha, está na sombra, assim como a parte visível do fundo, no canto superior direito, está fora de foco, de tal forma que só conseguimos vislumbrar algumas estantes com objetos indefinidos. O título colocado abaixo da ilustração, "Gosto de ajudar outras mulheres a ficarem bonitas", é, à primeira vista, um exemplo de relé: imediatamente o interpretamos como uma fala da mulher mais velha. Mas também cumpre uma função de ancoragem: a imagem ilustra o processo de ajudar as mulheres a ficarem mais boni-

"I enjoy helping other women to look good."

And this is how I do it — I sell Avon. Women are busier than ever these days... often fitting in a job — at least part-time — with running a home and taking the children to and from school. They have little time to shop — and no time at all to spend making decisions at a crowded beauty counter.

That's where I come in. I bring the biggest beauty range in the world *right home to them*, and I help them to make the right choice of skin care products, make-up, perfumes and toiletries, often at very special prices.

In the peace and quiet of their own homes, they have *time* to try out the products, time to change their minds too — thanks to the Avon no-quibble guarantee.

You never looked so good.

Avon

Figura 5 Avon
Cosmopolitan, abril de 1977

"Gosto de ajudar outras mulheres a ficarem bonitas."

E faço isso vendendo Avon. As mulheres vivem ocupadíssimas hoje em dia... Elas quase sempre trabalham — pelo menos meio expediente —, correm para casa para levar os filhos à escola, depois vão buscá-los... Elas têm pouco tempo para as compras... e muito menos para ficar escolhendo num balcão superlotado. É aí que eu entro. Levo a maior linha de produtos de beleza do mundo *à sua própria casa*. Ajudo a cliente a escolher o produto mais adequado: perfumes, cremes, maquilagem, etc., freqüentemente com tentadoras ofertas.

No conforto e tranqüilidade do lar, as mulheres têm *tempo* para experimentar os produtos, tempo para mudar de idéia também. Graças à garantia de Avon.

Você nunca esteve tão bonita

AVON

Advertisement

THE ROYAL SOCIETY OF BRITISH SCULPTORS
ANNOUNCES
THE KINGS AND QUEENS COLLECTION

The first-ever collection of Commemorative Medals to honour every British monarch from Edward the Confessor to Elizabeth II

Medals shown actual size: 32mm

Figura 6 The Kings and Queens Collection
Reader's Digest, abril de 1977

Publicidade
A REAL SOCIEDADE DE ESCULTORES BRITÂNICOS ANUNCIA
A COLEÇÃO DOS REIS E RAINHAS

A primeira coleção de Medalhas Comemorativas
em honra de todos os reis ingleses, de Eduardo, o Confessor,
a Elizabeth II.

Medalhas em tamanho natural: 32 mm

tas. Agora, vemos a estreita correspondência entre o título e a parte realçada da ilustração: a mulher mais velha está orientando a mais nova na aplicação da maquilagem. Finalmente, notamos que, se seguirmos a linha que vai da cabeça das duas ao corpo da mais jovem, o olhar é orientado para *a parte mais importante* do anúncio: o nome do produto no canto inferior direito da página.

A diagonal canto esquerdo superior – canto direito inferior não constitui um princípio universal da disposição do *layout* publicitário, mas aparece no enorme número de anúncios em que o nome do produto, muitas vezes acompanhado de uma foto que o exibe, surge no canto inferior direito da peça (ver, por exemplo, figs. 8, 13 e 28).

Em alguns casos há motivos estilísticos para recorrer a outro princípio de disposição. A figura 6 mostra a primeira página de um anúncio de quatro páginas sobre uma série de medalhas cunhadas por ocasião do jubileu de prata da rainha Elizabeth. Note-se como a página está disposta segundo um princípio de estrita simetria, "condizendo com a verdadeira significação histórica da ocasião", como diz o texto.

Já vimos que o canto inferior direito é uma área focal dentro da página. Outra área de igual realce concentra-se em torno do ponto em que a diagonal cruza a linha vertical mediana da página. Lund (1947:128) salienta que o ponto que a vista tende a focalizar (o *centro óptico*) situa-se um pouco acima do verdadeiro centro geométrico. Se voltarmos ao anúncio da Avon (fig. 5), veremos que, como a diagonal de que falamos é uma linha curva, e não uma reta, ela na verdade cruza a linha mediana no centro óptico, ou seja, na vista direita da mulher mais jovem, de tal modo que a área central é ocupada pelo seu rosto. Isso está bem de acordo com a intenção do anúncio, já que, embora se suponha que seja a mais velha quem esteja falando no texto, a receptora é evidentemente convidada a imaginar-se no papel da mais jovem, sendo *ajudada* pela Avon (tenha em mente que ser "adjuvante" é o papel actancial típico do produto).

CAPÍTULO 3

ESTRUTURA DE UM ANÚNCIO

A TAREFA DO PUBLICITÁRIO

O objetivo final de toda propaganda é vender a mercadoria, mas, para consegui-lo, o publicitário precisa vencer alguns obstáculos. Primeiro, os clientes em potencial lêem o jornal ou a revista não por causa dos anúncios, mas sim das matérias de redação; depois, praticamente metade da publicação consiste em anúncios, todos competindo pela atenção do leitor. A primeira tarefa do publicitário, portanto, é conseguir que o anúncio seja notado. Uma vez captada a atenção do leitor, o anúncio deve mantê-la e convencê-lo de que o tema daquele anúncio específico é do interesse dele. Além disso, o anúncio tem de convencer o leitor de que o produto vai satisfazer alguma necessidade – ou criar uma necessidade que até então não fora sentida. Por fim, não basta que o cliente em potencial chegue a sentir necessidade do produto: o anúncio deve convencê-lo de que aquela marca anunciada tem certas qualidades que a tornam superior às similares. Por outro lado, o anúncio ideal deve ser montado de tal forma que a maior par-

Figura 7 Dr. White's
Woman, abril de 1977

Voltei

Voltei para a suavidade e para
o conforto.
Voltei para Dr. White's.
 E não consigo imaginar por que
me afastei.
 Pois só Dr. White's
me dá dois tipos de conforto.
O superconforto do algodão,
que o torna muito mais suave.
 E o conforto de um absorvente
mais seguro, concebido também
para reter melhor o fluxo,
tornando-se ainda
mais eficaz.
 Experimentei outros,
mas voltei.
 Não está na hora de você
voltar para Dr. White's?

Dr. White's
Dois tipos de conforto.

te possível da mensagem atinja aquele leitor que o vê, mas resolve não ler.
Lund (1947:83) resume assim a tarefa do homem de propaganda:

1. chamar a atenção;
2. despertar interesse;
3. estimular o desejo;
4. criar convicção;
5. induzir à ação.

Veremos agora como é que esses objetivos se refletem na estrutura dos anúncios, embora salientando, desde já, que é muito raro encontrar um anúncio em que seja possível demonstrar uma relação entre cada um dos cinco passos estabelecidos por Lund e os elementos desse anúncio. Em geral o que se vê é a fusão de dois ou mais passos.

DOIS EXEMPLOS
Dr. White's

Observe o anúncio dos absorventes higiênicos Dr. White's (fig. 7). O anúncio consiste numa ilustração mostrando uma mulher, um homem e um menino de pé, numa praia, ao pôr-do-sol. Impresso no fundo da ilustração está o *título* "Voltei" e, concentrado em um bloco no canto inferior esquerdo do anúncio, o *texto*; uma *linha de assinatura* com o nome do produto, Dr. White's; um *slogan* "Dois tipos de conforto" e a imagem de uma embalagem do produto em que o seu nome volta a aparecer.

Ilustração. Os três atores estão de pé, um perto do outro, todos se tocando; o menino está olhando para o homem, que está olhando para a mulher, que parece estar olhando para ambos. A impressão de proximidade é ainda mais acentuada pelo fato de as cabeças e a parte superior dos corpos estarem circundadas por uma linha que, partindo da cabeça do menino, passa por cima da cabeça do homem e chega até a cabeça da mulher, passando pelo pescoço e pela mão esquerda dela (que repousa no braço direito do homem), através da mão direita dele e do ombro do menino, voltando para a cabeça dela. Formam, evidentemente, uma família. Estão um pouquinho fora de foco e, por isso, têm as feições indistintas. Assim, passam a representar não indivíduos, ou uma família específica, mas a família universal. Pela mesma razão aparecem no *ambiente* mais universalizado possível, uma praia deserta.

A mulher está levemente inclinada para o lado do marido, como se acabasse de se deslocar da esquerda da foto (quer dizer, interpretamos a foto como um flagrante extraído de uma seqüência de acontecimentos – alguma coisa se passou antes e alguma coisa se seguirá; Eco, 1972:276). A mulher, é claro, é o mais importante dos atores e constitui o ponto de identificação dos leitores: está colocada exatamente no meio da foto, com a cabeça precisamente no centro óptico da cena. Não temos dúvidas de que o título é enunciado por ela (relé).

Título. Se tivéssemos apenas o título e a ilustração, julgaríamos que ambos representavam uma situação em que a mulher volta para a família, depois de ter um caso, enunciando a palavra "Voltei". Mas trata-se de um anúncio de Dr. White's. Na situação familiar fictícia da ilustração, a mulher está se dirigindo ao marido e o sujeito é o casamento deles; na situação publicitária, contudo, o verdadeiro receptor é o leitor, o emissor verdadeiro é o anunciante, aqui falando pela boca de um "participante secundário" (Leech, 1966:34) e o sujeito é o produto. Além do título, as partes mais destacadas do anúncio são as duas ocorrências do nome da marca, na linha de assinatura e na embalagem. O título, assim, torna-se ambíguo: tanto pode significar "Voltei para a minha família" como "Voltei para a minha marca favorita de absorventes higiênicos", ou as duas coisas ao mesmo tempo (é bom lembrar que a ambigüidade é uma característica da função poética da linguagem). Dessa forma, mesmo o leitor que dê apenas uma olhada de relance no anúncio captará a mensagem central: "Voltar ao Dr. White's depois de experimentar outras formas de proteção é como voltar para casa, para a família, depois de um caso." A técnica empregada é a de uma dupla metáfora visual/verbal: absorventes higiênicos Dr. White's = segurança = família.

Texto. A mulher permanece na situação de emissor do princípio ao fim do texto e, por isso, haverá ambigüidade sempre que houver dúvida se ela está se dirigindo ao leitor ou ao marido (ou a si mesma, numa espécie de monólogo interior).

Embora o texto esteja disposto num bloco, é evidente que se divide em três segmentos:

1. Linhas 1-5; neste segmento, a função poética da linguagem é dominante.
2. Linhas 6-14; neste segmento, a função dominante é a informacional.
3. Linhas 15-18; aqui, a dominante é a função diretiva.

Já que a nossa principal preocupação, neste capítulo, é a estrutura do anúncio, vamos nos limitar a demonstrar que os três segmentos têm aquelas funções; portanto, não nos aprofundaremos no exame dos elementos poéticos empregados no primeiro segmento nem no valor informativo da "informação" apresentada no segundo.

O primeiro segmento dá continuidade à história já exposta no título e na ilustração, com a mesma ambigüidade: a suavidade e o conforto a que ela voltou é a suavidade e o conforto do produto ou da família? Repetindo, estaríamos violando a natureza da função poética da linguagem se disséssemos que é uma coisa ou outra. Graças ao recurso da metáfora, torna-se possível dizer alguma coisa que dificilmente se poderia expressar em linguagem informacional sem um absurdo evidente: os absorventes higiênicos Dr. White's e a família são a mesma coisa, e nessa unidade reside verdadeiramente a "suavidade e conforto". Na segunda frase desse segmento termina a ambigüidade: Voltei para Dr. White's. No entanto, a terceira frase do segmento volta a permitir uma ou ambas as interpretações: Eu "me afastei" de Dr. White's e/ou da família.

No segundo segmento são fornecidos os seguintes tópicos de informação: devido ao algodão, o produto dá mais conforto e é mais suave: além disso, é mais seguro e absorvente, tendo sido concebido para reter melhor o fluxo. Note-se que aquilo que torna informacional a função da linguagem desse segmento não é a natureza da informação dada, que é muito superficial, mas o modo como a linguagem é usada: as ambigüidades poéticas que notamos no título e no primeiro segmento do texto não estão presentes, pois está claro que o sujeito é o produto e o receptor é o leitor. Além do mais, em contraste com o primeiro e o terceiro segmentos, nesse segmento os verbos só aparecem no presente do indicativo ("dá", "torna"), que é típico das descrições das características permanentes das coisas (por exemplo, "Nossa casa *tem* quatro quartos").

Na primeira frase do terceiro segmento, voltamos à narrativa do primeiro segmento, mas, embora se levante a mesma perspectiva de ambigüidade, fica claro que "outros" (*the rest*) deve significar as marcas concorrentes e aquilo para que ela voltou deve ser a marca Dr. White's. Essa frase, portanto, está recomendando o produto – ou seja, a função da linguagem é expressiva e a justificativa para classificar como diretiva a função desse segmento reside na sua última frase: "Não está na hora de você voltar para Dr. White's?" A frase é negativa-interrogativa, mas, como ocorre muitas vezes com esse tipo de frase, trata-se antes de uma exortação à ação do que de uma pergunta (cf. "Não está na hora de começar a trabalhar?"); ou seja, um ato de fala diretivo. Note-se ainda que esta é a única vez que se menciona o receptor: "você".

Assinatura e "slogan". Já falamos da função da linha de assinatura, que é a de estabelecer a conexão entre o nome da marca e a situação fictícia da ilustração e do título, fazendo com que a mensagem como um todo impressione o máximo possível mesmo o leitor mais desatento. Para quem ler o anúncio inteiro, o *slogan* parecerá a simples repetição do que se alega para o produto no segmento informacional – "o superconforto do algodão" e "um absorvente mais seguro". Mas, para o leitor que não leu o texto, a ambigüidade existente no anúncio, por causa da tensão entre a situação exposta na ilustração e o fato de sabermos que se trata de um anúncio, o *slogan* pode muito bem assumir outro sentido: Dr. White's dá a você "dois tipos de conforto", o conforto de um absorvente higiênico e a segurança de pertencer a uma família.

Esse anúncio é clássico sob vários aspectos, pois exemplifica claramente as cinco tarefas do homem de propaganda a que nos referimos no início deste capítulo. Depois de conquistada a atenção do leitor ("chamar a atenção"), graças à ilustração e à chamada, por meio de uma situação imaginária e universalizada, a fim de tocar a corda sensível ("despertar interesse") na maioria das leitoras em potencial (todas as mulheres casadas que já pensaram em largar tudo)[1], o primeiro segmento poético do texto desenvolve parcialmente o tema da volta ao lar, dizendo em parte à leitora que a necessidade de conforto e de segurança que todos nós sentimos pode ser satisfeita se usarmos o produto ("estimular o desejo"). O segundo segmento – o informacional – destaca as qualidades do produto, de conforto duplo ("criar convicção"). Por fim, o último segmento – o diretivo – convida diretamente a leitora a ir comprar o produto ("induzir à ação").

Scottish Widows

Encontramos nesse anúncio (fig. 8) os mesmos elementos já observados no de Dr. White's: ilustração – aqui dividida em duas –, título, texto, assinatura e *slogan*.

As ilustrações revelam uma situação familiar a todos os pais: ser acordado de manhã cedo por uma criança.

Essa familiaridade representa a principal diferença entre esta ilustração e a de Dr. White's, que atraía a atenção dos leitores em potencial (no caso, mulheres) pelo fato de mostrar uma situação que elas já tivessem secretamente desejado sem realizá-la. Eis a razão oculta das diferentes técnicas empregadas.

▼

1. Por coincidência, no material estudado, esse anúncio apareceu somente em *Woman* e *She*, que são lidas principalmente por mulheres casadas (cf., antes, p. 16), mas não na *Cosmopolitan*.

6 am. and Baby Bear has just found his porridge gone.

You know the feeling. You have one precious hour left before the day begins when this child arrives bright as a button to give you readings from her favourite book. And ask you questions to make sure you're paying attention. 'Now, who took Baby Bear's porridge?' And you hide your head under the pillow. But she finds it. 'Who took his porridge?' And you start to give in. 'Robin Hood?' 'No.' 'The taxman?' 'No.' And you're lost.

With children it isn't only nursery sagas that keep you awake. Or the things that go bump in the night. Sometimes it's just the responsibility. But you can share it. That's what life assurance is for. Take a Scottish Widows Family Income Policy for example. It will make absolutely sure your children are well protected in the years they need it most. And help you sleep better.

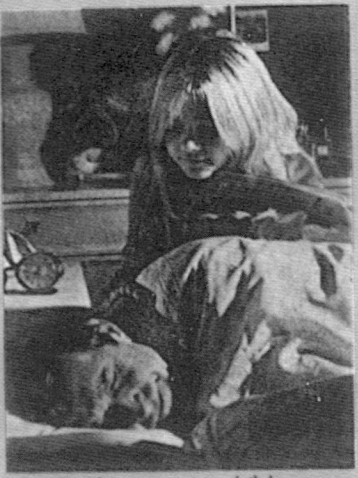

At Scottish Widows that's what we believe life assurance is all about: helping you live your life to the full. Ask your broker about our approach. About our policies. About our record.

SCOTTISH WIDOWS
A better life assurance.

Figura 8 Scottish Widows
Reader's Digest, abril de 1977

Seis da manhã. E o Ursinho descobre que tomaram seu mingau.

Você sabe como é. Você dispõe de uma horinha preciosa antes do dia começar quando chega a menina toda alegre para ler seu livro favorito para você. E ela faz perguntas para ver se você está realmente prestando atenção. "Então, quem foi que tomou o mingau do Ursinho?" Você esconde a cabeça sob o travesseiro. Mas ela a descobre. "Quem tomou o mingau?" Você se entrega: "Robin Hood?" "Não." "O motorista de táxi?" "Não." Você está perdido.

Quando se trata de crianças, não são só as histórias infantis que mantêm você acordado. Ou aquelas coisas que acontecem no meio da noite. Às vezes, trata-se apenas de responsabilidade. Mas você <u>pode</u> partilhá-la. Para isso existem os seguros de vida. Pegue uma Apólice de Renda Familiar da Scottish Widows, por exemplo. Ela vai lhe dar absoluta certeza de que seus filhos estão bem protegidos, na época em que eles mais precisam. E ajudará você a dormir melhor.

Para Scottish Widows, ajudar você a viver plenamente é o que se pode esperar de um seguro de vida. Consulte o seu agente sobre nossa maneira de atuar. Sobre nossos planos. Sobre nossa folha de serviços.

SCOTTISH WIDOWS
Um seguro de vida melhor.

Na imagem do canto superior direito do anúncio da Scottish Widows vemos duas pessoas reconhecíveis – mas não muito individualizadas: uma menina e seu pai – num ambiente reconhecível, que é um quarto. (O ambiente identifica-se como um quarto graças a algumas *escoras* familiares: mesinha-de-cabeceira com despertador e uma cômoda com um abajur e alguns frascos de perfume.) A menina tenta acordar o pai, que quer continuar dormindo. Na imagem menor observamos essas duas pessoas sentadas lado a lado, na cama, lendo alegremente um livro de histórias infantis.

O *título*, nesse caso, não é enunciado por um dos atores – do começo ao fim, o anunciante ("nós") dirige-se diretamente ao leitor ("você"), mas pretende-se com ele ajudar o leitor a identificar a situação das ilustrações (ancoragem). É o que se faz indicando a hora do dia e aludindo a um famoso conto de fadas.

O *texto* está dividido em três segmentos, tipograficamente assinalados, que também podem ser caracterizados conforme o uso da linguagem poética, informacional e diretiva.

O primeiro período continua o fio da história entre o título e a ilustração, ao mesmo tempo que o leitor é diretamente convidado a se identificar com o pai da ilustração. A função da linguagem é poética, não por causa de alguma ambigüidade de papéis – emissor, sujeito e receptor são, sem ambigüidades, o anunciante, a relação pai-menina e o leitor –, mas porque tenta generalizar uma vivência particular: a sensação, que todos conhecemos, pode não ter nenhuma conexão com Cachinhos Dourados, assim como é quase certo que as observações em particular que pai e filha fazem nunca foram enunciadas por nenhum dos leitores do anúncio. A generalização é conseguida por meio das formas verbais. Em certo sentido, estamos tratando do relato de um evento e, nesse tipo de ato de fala, os verbos estão normalmente no pretérito, simples ou de conjugação perifrástica: "Minha filha entrou no quarto enquanto eu ainda estava dormindo", mas aqui todos os verbos do relato estão no presente do indicativo.

O segundo período vai do evento representado nas ilustrações e generalizado no primeiro segmento a uma descrição (um ato de fala do tipo informacional) do produto, com a expressão "histórias infantis" e o conceito de ficar desperto à noite dando coesão aos dois períodos. Também neste caso os verbos estão quase sempre no presente do indicativo, mas isso é normal em descrições. Há quatro exemplos do verbo "ser" ou "estar" (*to be*) no presente do indicativo, todos fazendo descrições do tipo "verdade eterna" (compare-se "não são só as histórias infantis que mantêm você acordado" e "Nem tudo o que reluz é ouro"); há um exemplo do verbo modal "will" (desejar, querer, usado na formação do futuro e do condicional na segunda e na terceira pessoas), denotando o que é "típico ou característico" (Leech, 1971:79) (compare-se [um seguro de vida] "vai lhe dar absoluta certeza de que seus filhos estão bem protegidos" e "a cortiça vai flutuar na água").

A frase com o verbo "poder" também é uma descrição, neste caso denotando o que é possível: "você *pode* partilhá-la". A única frase do segmento que não exemplifica um ato de fala informacional é, por conseguinte, a imperativa: ("pegue uma Apólice de Renda Familiar da Scottish Widows, por exemplo"). Esta espécie de imperativo é utilizada "para estimular o desenvolvimento da discussão ou do raciocínio" (Huddleston,1971:58), isto é, é um ato de fala do tipo interacional. Sua única função é garantir que o leitor saiba que em seguida vem uma exemplificação do que foi dito antes.

O último período consiste, em primeiro lugar, numa declaração dos objetivos da empresa, que, no contexto, funciona como um auto-elogio; no texto, funciona para suprir o elo entre este período e o anterior. Em segundo lugar, o período contém um imperativo, "consulte", que é um convite direto à ação, ou seja, um ato de fala diretivo.

Por fim, a *assinatura* e o *slogan* desempenham a mesma função do exemplo de Dr. White's: o leitor que vê o anúncio, mas não tem a preocupação de ler o texto, mesmo assim ficará com uma idéia da mensagem básica: que a Scottish Widows está relacionada com uma vida familiar feliz. Aqui temos, de novo, uma dupla metáfora: vida familiar = felicidade/segurança = Scottish Widows.

Nos três subcapítulos seguintes, faremos um exame geral da maneira como os cinco requisitos mencionados na abertura do capítulo são observados em muitos anúncios. Como os requisitos 1 e 2 (atenção, interesse), bem como os 3 e 4 (desejo, convicção) são muitas vezes difíceis de distinguir e não raro perdem a força na prática, trataremos cada par como uma unidade.

ATENÇÃO E INTERESSE

Essas duas tarefas são tratadas como uma só em muitos anúncios porque um dos meios óbvios de chamar a atenção do leitor consiste em mostrar-lhe que aquilo que o produto oferece é do seu interesse. Os elementos de um anúncio responsáveis por essa tarefa, como vimos, são o título mais a ilustração e o *slogan*, se os houver.

O meio mais simples de chamar a atenção e despertar o interesse está em colocar apenas o nome do produto ao lado de uma imagem dele. Mas, como se exige extrema confiança na capacidade de venda desse produto para desprezar os apelos mais explícitos à disposição, tal enfoque é bem raro. Por outro lado, a força dessa técnica está na sua própria simplicidade: se o anunciante tem tanta confiança no seu produto, este deve ser alguma coisa verdadeiramente especial. O anúncio reproduzido na figura 3 constitui um exemplo da técnica.

O meio mais comum de despertar a atenção, entretanto, consiste em fazer uma afirmação favorável ao produto no título/*slogan*. Já vimos exemplos de afirmações implícitas (os de nos 12 e 13, pp. 36-7), aos quais acrescentamos mais um:

(1a) *How to offer your key people more life insurance for less.* ("Como oferecer a seu pessoal-chave mais seguro de vida por menos.")
(*US News & World Report*, junho de 1977)

o que pressupõe:

(1b) *You can offer your key people more life insurance for less money.* ("Você pode oferecer a seu pessoal-chave mais seguro de vida por menos dinheiro.")

Se observarmos criticamente os títulos, a espécie de afirmação que mais ocorre é a *hiperbólica*. Muito comuns e amplamente usadas, embora gastas, são as exclamações *now* (agora), *new* (novo), *improved* (muito melhor), *unique* (único), *Britain's best/biggest* ("o maior/o melhor da Inglaterra"), impressas em tipos diferentes na diagonal da página ou em balões explodindo (ver fig. 9):

(2) "Finalmente! Uma coleção inteiramente NOVA de lindas roupas íntimas e *lingerie*"
(*Cosmopolitan*, abril de 1977)

Note-se como "Finalmente" sugere que já se acha dispo-

Figura 9 Babette
Cosmopolitan, abril de 1977

NOVO!
CATÁLOGO
DE *LINGERIE!*

Finalmente! Uma coleção inteiramente NOVA de lindas roupas íntimas e lingerie, sensuais espartilhos modeladores, deslumbrantes vestidos para o dia e para a noite, meias e ligas realmente DIFERENTES, tudo em tecidos e cores exóticas e atraentes. AGORA DISPONÍVEIS PELO REEMBOLSO POSTAL! Envie apenas 50 pence para receber os novos catálogos BABETTE, totalmente em cores. (Garantimos que você ficará fascinada!)

10%
DE DESCONTO
NA COMPRA
DIRETA

babette

nível, pela primeira vez, uma nova coleção de roupas íntimas e *lingerie*. Note-se ainda o balão explodindo, no canto superior esquerdo do anúncio.

Já estamos tão acostumados às declarações hiperbólicas que chama a atenção o fato de se criar expectativa e depois esvaziar a hipérbole:

> (3) *Thrilling conclusion of Buick Opel 5-Car Showdown, Opel finishes...*
> ("Emocionante conclusão da Prova Final dos Cinco Carros Buick Opel. Opel termina...")
> [vira-se a página]
> *uh... 2nd.* ("ah... em segundo.")
>
> (*Ms Magazine*, julho de 1977)

Outra variante de hipérbole é a promessa de brindes grátis ou de desconto no preço. Esse recurso de linguagem é tão usado na propaganda que até se brinca conscientemente com ele:

> (4) *Banks don't gime students free gifts for nothing.* ("Os bancos não dão brindes grátis aos estudantes a troco de nada.")
>
> (*Sunday Times Magazine*, agosto de 1977)

Um dos meios seguros de chamar a atenção e despertar o interesse é afirmar que o produto satisfaz a uma necessidade que já existe no cliente em potencial. Já vimos dois exemplos disso ao analisar o anúncio do Dr. White's, onde se girava em torno das conflitantes necessidades de excitação e de segurança, assim como o anúncio da Scottish Widows, onde se jogava com a necessidade de segurança. Nos dois casos, apela-se para uma necessidade social, embora o do Dr. White's satisfaça a uma clara necessidade material.

Apelar para as necessidades materiais é um meio óbvio pelo qual a propaganda procura chamar a atenção:

(5) *Stop itching fast.* ("Pare já de se coçar.")

(*Reader's Digest*, agosto de 1977)

Evidentemente, nem todos os produtos podem se dirigir a cada leitor de uma revista, fato que se reflete nos títulos que escolhem diretamente o tipo de consumidor a quem o produto pode interessar. No exemplo seguinte, a função da escolha é desempenhada pela conjunção *if* ("se"), cujo objetivo – despertar e manter o interesse do leitor – é enunciado nas palavras que antecedem o imperativo:

(6) *If your gums sometimes bleed when you clean your teeth, read on.*
("Se as suas gengivas às vezes sangram quando você escova os dentes, continue lendo.")

(*Reader's Digest*, outubro de 1977)

No intuito de identificar o leitor potencial e prender-lhe a atenção, é muito comum empregar dois outros tipos de frases, no título ou na primeira linha do texto, recorrendo, por exemplo, ao uso de perguntas e da conjunção subordinada "quando" (Leech, 1966:61):

(7) *Have your legs ever felt so tired walking seemed like climbing?*
("Já sentiu as pernas tão cansadas que andar era como fazer uma escalada?")

(*Ms Magazine*, maio de 1977)

(8) *When you've met your match* ("Quando encontrar seu parceiro)
Relax in a Radox bath (Relaxe num banheiro Radox.")

No entanto, a maneira mais simples de chamar a atenção de um segmento limitado de público é nomeá-lo explicitamente:

(9) *Denture wearers!* ("Para você que usa dentadura!")

(*News of the World*, setembro de 1977)

Muitas vezes se consegue esse efeito começando por *for* (para) uma frase em que predominam os substantivos e os adjetivos:

(10) *Kotex Brevia are new. Small, slim, pantliners specially for every woman who's ever had to cope with vaginal discharge.* ("Os Kotex Brevia são novos. Pequenos e elegantes revestimentos de calcinhas, especiais para toda mulher que já teve de enfrentar corrimentos vaginais.")

(*Woman*, agosto de 1977)

É notável que, nas revistas femininas pesquisadas, esse tipo de anúncio, que escolhe e até certo ponto individualiza o consumidor, é muito freqüente nas que se dirigem à classe média (*Cosmopolitan*, *She*), mas extremamente raro em *Woman*, cujos leitores pertencem em sua maioria à classe operária. Voltaremos ao assunto no capítulo 4, quando estudarmos como o enfoque da propaganda varia de acordo com o tipo de consumidor.

Os modelos até agora considerados têm em comum o fato de procurarem chamar a atenção do leitor afirmando que possuem algo a oferecer, do interesse dele/dela. Veremos agora alguns exemplos em que o mecanismo de chamar a atenção consiste numa tentativa aberta de despertar a curiosidade do leitor. O tipo mais simples recorre à palavra "segredo" ("Descubra o segredo de X"). Em versão elaborada, o título indaga:

(11) *How much do you see when you look at this painting* ("Quantas coisas você vê ao olhar para este quadro?")
(*Sunday Times Magazine*, agosto de 1977)

ou introduz um tópico inteiramente inesperado no contexto:

(12) *How the English brought peace to France.* ("Como os ingleses levaram a paz à França.")
(*She*, agosto de 1977)

que é título de um anúncio de mostarda. Finalmente, o elemento-surpresa pode ser de natureza puramente lingüística, como no caso do recurso a figuras de retórica como o *trocadilho* (13), a *metáfora* (14), o *paralelismo* (15) ou *rima* e a linguagem coloquial (16).

(13) "Cutex Strongnail com *nylon*, para unhas longas, fortes e bonitas."

Aqui, o trocadilho, que se baseia no duplo sentido de *nail* (unha e prego), é ao mesmo tempo verbal e visual (ver fig. 10).

(14) *Angler's Mail has got the nation hooked.* ("*Angler's Mail* pescou a nação.")
(*Titbits*, julho de 1977)

(15) *Lookin' Foxy. Feelin' Fantastic.* ("Parecendo *Foxy*. Sentindo-se fantástica.")
(*Ms Magazine*, agosto de 1977)

Note-se como o paralelismo é reforçado pela *aliteração* (*f*oxy, *f*eelin', *f*antastic).

(16) *The freezer-pleezers.* ("Os favorecidos pelo freezer.")
(*Woman*, agosto de 1977)

Cutex Strongnail with nylon
for long, strong, beautiful nails.

Cutex Strongnail with nylon lets nails grow to their natural length by helping to prevent chipping and splitting.
Ten beautiful shades, including four new ones: Copper, Fire, Rose Quartz, Zircon. All with added nylon, to give you flexible, long-lasting colour-so as you care for your nails, your hand look beautiful too.

Cutex
Strongnail with nylon

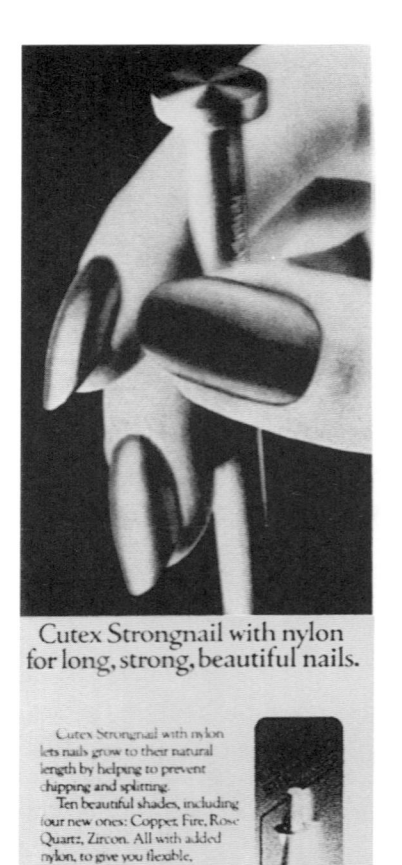

Cutex Strongnail com *nylon*.
Para unhas longas, fortes e bonitas

Cutex Strongnail com *nylon* facilita o crescimento normal das unhas, evitando que se lasquem ou quebrem.
   Dez tonalidades maravilhosas, incluindo quatro inteiramente novas: cobre, fogo, rosa quartzo e zircão. Todas à base de *nylon*, para assegurar a você cores mais flexíveis e duráveis. Assim, cuidando das unhas, suas mãos ficam mais bonitas também.

Strongnail com *nylon*

Figura 10 Cutex
She, agosto de 1977

Por fim, paradoxalmente, o anúncio pode chamar a atenção fingindo que não é anúncio. Leech (1966:99 ss.) denomina a esse fenômeno *empréstimo de papel*. Os gêneros normalmente usados para aumentar o interesse dos anúncios são o artigo de redação (via de regra com o aviso "publicidade", como na fig. 6), a história em quadrinhos (fig. 11) e o questionário:

(17) *How much do you know about the real cost of electric central heating?*
Test you knowledge in our Heating Plus Quiz.
("O que é que você sabe sobre o custo real do aquecimento elétrico central?
Teste seus conhecimentos com nosso Questionário sobre Aquecimento.")
(*News of the World*, setembro de 1977)

O empréstimo de papel constitui um paradoxo, pois esses anúncios se fazem notar por sua semelhança com outras matérias da publicação, ao passo que o normal é fazer com que o anúncio se diferencie das matérias editoriais. O fato de o método ser eficaz ilustra muito bem o que dizíamos no início deste capítulo: que o leitor está mais interessado nos textos da redação do veículo do que na publicidade.

DESEJO E CONVICÇÃO

Nas análises dos anúncios de Dr. White's e Scottish Widows, vimos como a propaganda procura estimular o desejo do leitor e criar a convicção sobre a qualidade do produto, desenvolvendo a idéia que primeiro lhe chamou a atenção, a

Figura 11 Shloer
Sunday Times Magazine, 31 de julho de 1977

ESTRUTURA DE UM ANÚNCIO | 95

Shloer
& Família

NÃO ESTÁ COMENDO, SANDRA?

COMO IREI ME PREOCUPAR COM NINHARIAS COMO COMER E BEBER QUANDO ESTOU APAIXONADA?

SÓ **ELE** SIGNIFICA ALGUMA COISA PARA MIM NA VIDA... UM SIMPLES SORRISO DELE É CAPAZ DE ME SUSTENTAR...

BEM, BEM... ENTÃO ACHO MELHOR SIMON TOMAR O SEU SHLOER.

NÃO SE ATREVA!

POR UM INSTANTE, PENSEI QUE ERA VERDADE...

SUCO DE MAÇÃ SHLOER E DRINK DE UVA SHLOER: LEVES, SECOS, ESPUMANTES, DELICIOSOS NAS REFEIÇÕES.

partir do título/ilustração/*slogan*. Nos dois anúncios em questão, essas duas funções são exercidas por um segmento poético de abertura, seguido por outro informacional. Isso obedece em grande parte ao modelo-padrão, já que poucos anúncios deixam de usar a linguagem informacional no texto. As mais notáveis exceções provêm de três grupos de produtos: cigarros (ver fig. 3), bebidas (18) e cosméticos (19):

(18) *He taught you to appreciate the finer things in life.*
Make him glad he did.
("Ele o ensinou a apreciar as melhores coisas da vida.
Faça-o sentir-se alegre por isso.")
[ilustração: uma garrafa de uísque com um cartão anexo, dizendo "Ao papai"]
(*US News & World Report*, junho de 1977)

(19) *Chique*
Only some women have it.
("Chique
Só algumas mulheres têm.")
(*Cosmopolitan*, julho de 1977)

Para criar verdadeira convicção sobre a superioridade de um produto em relação aos concorrentes, o anunciante precisa de uma "Proposta Única de Venda" (PUV), mas, no atual nível tecnológico, é muito raro que um produto exiba uma qualidade que esteja faltando por completo nos concorrentes, Por isso, o mais provável é que as PUVs que surjam sejam essencialmente estéticas (ver pp. 10-3), como o sabonete transparente ou a pasta de dentes com listas. No último caso, a inovação estética é revelada por uma inovação de estética lingüística:

(20) *It tastes minty good.*
("Tem um gostinho bom de menta.")
(*Reader's Digest*, agosto de 1977)

Mesmo que o anunciante não possa afirmar que seu produto é único, pode sempre descrever como a qualidade de cada pormenor foi meticulosamente controlada. É muitíssimo mais difícil alegar vantagem sobre a concorrência na questão do preço. Na Grã-Bretanha, é ilegal afirmar que dado produto tem "o menor preço" da sua faixa, a menos que haja meios de comprovar a afirmação. Mas *é possível* dizer praticamente a mesma coisa por outras palavras. Já que a qualidade é um conceito bem mais indefinível do que o preço, todos podem alegar que seu produto "vale mais pelo preço", ou então modificar simplesmente a afirmação mediante o advérbio "provavelmente": "X é provavelmente o melhor negócio/o de menor preço".

A liberdade que os anunciantes têm de elogiar a qualidade de seus produtos torna as afirmações menos dignas de crédito. Há várias formas de evitar isso. Um dos métodos é pôr uma celebridade recomendando o produto, diretamente ou por associação:

(21) [ilustração: um carro de corrida]
[legenda] *Mario Andretti, in his Team Lotus Formula One race car.*
("Mario Andretti, no seu carro de Fórmula Um da Equipe Lotus.")
[título] *You, too, can depend on Valvoline.* ("Você também pode confiar em Valvoline.")
[texto] *Whenever and wherever Team Lotus races, this winner of 6 World Championships and 61 Grand Prix events depends on Valvoline® Racing Oil. Exclu-*

sively. You, too, can depend on Valvoline [...] ("Sempre e onde quer que a Equipe Lotus corra, este vencedor de 6 Campeonatos Mundiais e de 61 Grand Prix confia no Óleo Valvoline®. Exclusivamente. Você também pode confiar em Valvoline." [...])
(*Reader's Digest*, agosto de 1977)

Outro método consiste em apelar para a autoridade da ciência ou da profissão médica. Isso se consegue empregando abreviaturas que dêem a impressão de serem científicas ("com NSM", "com motor FG DC") ou recorrendo a afirmações clássicas como "recomendado pelos médicos", "usado em hospitais", "o creme dental que os dentistas recomendam". Relacionada com este método está a técnica do empréstimo de papel, que abordamos na seção anterior. O anúncio que finge ser matéria editorial é, de certa forma, parasitário da autoridade que o leitor associa à publicação que adquire regularmente. No anúncio exemplificativo do empréstimo de papel, entra mais uma vez a profissão médica, agora dando ao anúncio a forma de uma lista classificando tipos de dor de cabeça e descrevendo vários tratamentos.

Finalmente, um anúncio pode ganhar credibilidade afirmando que o produto é compatível com objetivos que todos reconhecem. A necessidade de poupar energia, de lutar contra a poluição e de mudar de fontes não-renováveis para fontes renováveis, eis alguns exemplos atuais desses objetos que, sobretudo nos Estados Unidos, estão se impondo na propaganda. Verificamos essa tendência no seguinte exemplo, extraído de um anúncio institucional de duas páginas de certa empresa de papel:

(23) *The wrong policies can make tree farming difficult and force the sale of forest land of other purposes. The right policies can assure continuation of America's forests – a renewable natural resource.* ("Uma política equivocada pode dificultar a silvicultura e forçar a venda de terras florestais para outros fins. Uma política correta pode assegurar a preservação das florestas dos Estados Unidos – um recurso natural renovável.")

(*Ms Magazine*, maio de 1977)

AÇÃO

"Compre X!" é o apelo mais direto à ação que nos acode à mente, mas é raro. Levando em conta uma edição de cada uma das dez publicações em que se baseia este livro, "compre" no imperativo ocorreu apenas duas vezes (veja adiante). Já sugerimos (p. 62) que a tendência para evitar o "compre" poderia ser atribuída às conotações desagradáveis do verbo. Obviamente, é de vital importância para o homem de propaganda que ele não pareça estar se impondo ao seu público, pois, se o leitor sentir que o anúncio está muito forçado, talvez reaja negativamente à mensagem ou simplesmente a ignore. Ao publicitário se apresenta, assim, um problema: o seu anúncio deve induzir o público a comprar o produto, mas não deve dizer isso em muitas palavras, para não molestá-lo.

A maioria dos anúncios ainda preenche a função de "induzir à ação" empregando alguma espécie de linguagem diretiva no parágrafo final do texto ou no *slogan*; no entanto, não menos de 32% da amostragem (160 em 498) se abstém de usar apelos diretos à ação. São três os métodos empregados nos anúncios que incitam o público a agir:

1. Cláusula imperativa encorajando o público a comprar o produto (32%);
2. Outros atos de fala diretivos, encorajando o público a comprar o produto (12%);
3. Atos de fala diretivos convidando o leitor a experimentar ou a pedir mais informações (23%).

Conforme já mencionamos, as orações com o imperativo "compre" são raras. Na amostragem, que abrange 179 orações no imperativo no parágrafo/*slogan* final, elas ocorrem apenas duas vezes. Os 20 verbos mais freqüentes, em 139 dos 179 casos, são os seguintes:

experimente, peça, adquira, tome, pegue/solicite, use, chame/faça, corra, venha/veja/dê/lembre-se/descubra, sirva/apresente/escolha/procure.

Vários desses verbos são sinônimos evidentes de "comprar" no imperativo ("experimente", "peça", "adquira", "leve", "solicite", "use", "escolha", "procure"), mas também outros, inseridos em determinado contexto, adquirem afinal o sentido de "compre" ("faça de X o seu creme dental", "dê a ele/ela um X", "descubra a suavidade de X", "apresente sua família a X", "sirva X", "deixe que X resolva seus problemas"). Um grupo menor não pede ao cliente que compre o produto, mas procura assegurar que o nome deste esteja presente no seu espírito na situação de compra: "procure X no seu fornecedor", "não esqueça, só existe um X"; já o último grupo pede ao cliente que entre em contato com o distribuidor/agente com maior ou menor urgência: "chame/vá até seu agente X", "visite nossa exposição", "venha/reserve já". Este último grupo é bastante comum em anúncios de serviços, como seguros e viagens, ou de produtos de alto preço, como automóveis.

Há anúncios que empregam meios mais cautelosos e indiretos de induzir à ação, nos quais encontramos uma variedade de métodos, desde a linguagem abertamente diretiva até aquela que só pode ser considerada diretiva em função do contexto. Deles, o mais forte é o que emprega a interrogativa-negativa, que já vimos no anúncio de Dr. White's ("Não está na hora de você voltar para Dr. White's?"). Uma alternativa algo mais moderada é a pergunta-padrão "Por que não?" ("Por que não mudar para X?"). No extremo abertamente diretivo da escala, encontramos ainda enunciados com "devia" significando advertência ou conselho ("Você devia usar X todas as manhãs"), que representam uma forma ligeiramente atenuada do imperativo "compre X". Forma ainda mais sutil de aconselhar consiste em não mencionar de maneira nenhuma o "você", falando apenas do produto: "Vale a pena experimentar X." Dado o sentido de "vale a pena", estamos, evidentemente, diante de um conselho, isto é, de uma fala diretiva, embora expressa numa declaração. Por outro lado, num exemplo como o seguinte, somente o contexto nos indica que a cláusula principal deve ser interpretada como uma espécie de conselho:

(24a) *For those who agree that additives are best left out, there's JOHNSON'S Baby Shampoo.*
("Para quem acha que é melhor deixar de lado os aditivos, eis o Xampu Infantil Johnson's.")
(*Cosmopolitan*, julho de 1977)

Observe-se que o tom muda se mencionarmos "você" e empregarmos palavras ou orações normalmente associadas a falas diretivas:

(24b) *If you agree that additives are best left out,*
{ *you should try JOHNSON'S Baby Shampoo.* }
{ *Try JOHNSON'S Baby Shampoo.* }
("Se você acha que é melhor deixar de lado os aditivos,
{ você devia experimentar Xampu Infantil JOHNSON'S.
{ Experimente o Xampu Infantil JOHNSON'S.")

No extremo menos abertamente persuasivo da escala, encontramos enunciados que aparentemente dão conselhos ao cliente sobre o uso e o préstimo do produto, em vez de recomendar a sua compra. Em inglês, os verbos *can* e *will* são característicos desse tipo:

(25) *You can use it at table as well as in your cooking.*
("Você pode usá-lo tanto à mesa como na cozinha.")

(*She*, agosto de 1977)

Compare-se esta forma com "você devia usar" ou "use".

(26a) *You'll find X on all good cosmetic counters.*
("Você pode encontrar X em todas as boas perfumarias.")

(*Cosmopolitan*, julho de 1977)

De certo ponto de vista, o enunciado "você pode encontrar" é informacional, mas, de fato, equivale evidentemente a uma fala diretiva:

(26b) *Look for/ask for X at all good cosmetic counters.*
("Procure/peça X em todas as boas perfumarias.")

Repetindo, é o contexto que nos permite concluir se um enunciado que se mascara como informação ou conselho constitui de fato um apelo à ação. Se se considera muito impertinente dizer ao consumidor que vá comprar o produto, o anunciante pode ao menos pedir-lhe que solicite maiores informações ou que o experimente. Isso oferece uma série de vantagens para o anunciante:

1. obtém dados diretos sobre a eficiência do anúncio;
2. depois que o cliente entrou em contato com o anunciante, pode-se reforçar a resposta com uma comunicação pessoal direta;
3. visto ser vital para a sobrevivência do anunciante que alguém compre seus produtos, os anúncios, na sua maior parte, representam sua relação com o cliente *como se* aquele estivesse fazendo alguma coisa a favor deste. Mas, quando o anunciante promete um folheto ou uma demonstração de lançamento, está *de fato* oferecendo alguma coisa (embora o custo desses serviços esteja, é claro, incluído no preço do produto).

Quanto aos métodos lingüísticos, pouco há a acrescentar aos pontos já expostos. Na sua imensa maioria, os anúncios que empregam essa técnica menos imperativa pedem ao consumidor que "escreva/ligue" pedindo mais informações, que "preencha" e "remeta" o cupom destacável ou que "procure o seu distribuidor/venha à nossa exposição para uma experiência/uma demonstração". Se se julga aconselhável evitar os verbos no imperativo, o apelo à ação pode ser feito como um conselho: "Você pode descobrir mais sobre X remetendo o cupom" e "informe-se": "Seu distribuidor está sempre à sua disposição para dar a você o quadro completo/para mostrar-lhe nossos últimos modelos/para você fazer uma experiência".

CAPÍTULO 4

ESTRATÉGIAS DE COMUNICAÇÃO: SEXO E CLASSE

ESCOLHA DO PÚBLICO

Vejamos os dois anúncios dos absorventes higiênicos Simplicity veiculados em várias revistas femininas (fig. 12). O que surpreende é a sua quase identidade: têm a mesma forma de narrativa ilustrada, começam por instantâneos da protagonista a longa e média distância e terminam com uma foto dela, em primeiro plano, sorrindo de felicidade. Os textos escritos também apresentam muitos aspectos em comum: "O pessoal ficou mais tempo do que eu esperava"/"demoramos muito mais do que eu imaginava"; mas, usando absorventes Simplicity, "Eu me senti segura o dia inteiro"/"protegida e segura"; e ambas as mulheres concluem: "Foi bom ter mudado." Além disso, os dois anúncios exibem exatamente a mesma ilustração dos tipos do produto e o mesmo *slogan*.

Mas são também muito diferentes: as protagonistas diferem em termos de idade, situação conjugal e principais interesses na vida. A moça mais madura desempenha as funções de mãe e esposa; na viagem de barco, cuida da filha, dando-lhe

Figura 12 Simplicity
Woman's Own, novembro de 1981 ("passeio de barco") e *Cosmopolitan*, outubro de 1981 ("apartamento"). "Cotex", "Simplicity" e "Brevia" são marcas registradas da Kimberly-Clark Corporation.

MUDEI PARA 'SIMPLICITY'*...

...SIMPLESMENTE, NÃO HÁ NADA MAIS SEGURO.

Havia tanta coisa para ver durante nossa viagem de barco que demoramos muito mais do que eu imaginava. Mas eu me senti segura o dia inteiro. Foi bom ter mudado.

MUDEI PARA 'SIMPLICITY'...

...SIMPLESMENTE, NÃO HÁ NADA MAIS SEGURO.

O pessoal ficou mais tempo do que eu esperava.

Arrumar as coisas leva tempo!

Foi ótimo mudar para meu primeiro apartamento. Nós nos divertimos muito! Mas eu me senti protegida e segura. Foi bom ter mudado.

* Marca do produto, que literalmente quer dizer "simplicidade". (N. do T.)

de comer, enquanto o marido brinca com o filho; em resumo, ela personifica a imagem tradicional da família. A mais jovem mal começa a explorar a vida adulta como pessoa ("mudar para o meu primeiro apartamento"), seu maior interesse é divertir-se com os amigos; no entanto, depois que os quatro jovens se dividem afinal em dois casais, a cena dá a entender a futura transição da jovem para o papel da mulher mais madura do outro anúncio.

Não surpreende que o primeiro anúncio tenha saído na *Woman's Own* (revista cujo público leitor é muito semelhante ao de *Woman*, cf. p. 16), enquanto o segundo saiu na *Cosmopolitan*. Tomados em conjunto, eles demonstram como os anúncios apresentam uma versão particular da realidade talhada de acordo com as presumíveis atitudes e valores do público-alvo. Atualmente, muitas das grandes agências de propaganda empregam psicólogos e sociólogos que, munidos das mais recentes pesquisas de opinião, procuram determinar os valores e imagens que exercem maior apelo junto ao público de uma dada publicação.

Um dos pressupostos básicos do seu trabalho é que os anúncios devem preencher a carência de identidade de cada leitor, a necessidade que cada pessoa tem de aderir a valores e estilos de vida que confirmem seus próprios valores e estilos de vida e lhe permitam compreender o mundo e seu lugar nele. Estamos aqui em presença de um *processo de significação*, no qual um certo produto se torna a expressão de determinado conteúdo (estilo de vida e valores)[1]. Evidentemente, o objetivo final desse processo de significação consiste em ligar

▼

1. Ou, nas palavras de Barthes: o produto é semantizado; cf., acima, pp. 8-9.

a desejada identidade a um produto específico, de modo que a carência de uma identidade se transforme na carência do produto.

Cabe aos publicitários levar igualmente em conta o fato de que nós filtramos as impressões que nos bombardeiam para permitir que somente as mais importantes tenham acesso à nossa consciência. Por um lado, eliminamos todas as impressões irrelevantes; por outro, de todas as mensagens potencialmente relevantes, tendemos de preferência a aceitar aquelas que estão de acordo com as opiniões e os valores que já possuímos.

Na medida em que tais filtros são diferentes nos homens e nas mulheres, na classe média e na classe operária, nos adultos e nas crianças – e assim por diante –, assim como nas mulheres casadas e nas solteiras, nas mais jovens e nas mais maduras, os publicitários devem estar abertos a tão variada receptividade e apresentar adequadamente o teor de sua mensagem.

Semelhantes considerações estratégicas podem resultar, por exemplo, nos dois anúncios de Simplicity, destinados a persuadir mulheres maduras, casadas, com filhos, assim como jovens solteiras, a "mudar para Simplicity".

HOMENS E MULHERES

Na representação visual e verbal dos fatos, a propaganda chega a funcionar como um mecanismo ideológico para a reprodução de identidade dos gêneros. Nossa identidade como homens ou mulheres é muito importante para nós, especialmente as mulheres, para quem "o significado *mulher* sempre significa mulher: nós nos reconhecemos em *qualquer* representação da mulher, por mais *original* que seja, pois que nós

Perfil mercadológico de três revistas

	Porcentagem de anúncios		
	Cosmopolitan	Woman	Playboy
Higiene	26	10	3
(xampu, desodorantes, absorventes, etc.)			
Beleza	39	18	1
(loções, perfumes, máscaras, etc.)			
Vestuário	7	12	14
(roupas íntimas, sapatos, malhas, jóias, etc.)			
Casa	2	18	—
(mobília, eletrodomésticos, etc.)			
Alimentos, detergentes	5	31	—
Cigarro	6	8	15
Cerveja, bebidas	3	—	25
Lazer	3	—	5
(viagens, livros, etc.)			
Objetos tecnológicos	2	—	38
(carros, máquinas fotográficas, rádios, etc.)			
Empregos	3	—	—
Seguro de investimentos	3	—	—

estamos sempre definidas pelo gênero" (Winship, 1980:218 ss.). Embora muitos homossexuais já venham assumindo a sua identidade sexual alternativa, ainda é comum ver as pessoas que violam as normas consensuais do comportamento masculino e feminino vítimas de preconceitos. Às vezes caem no ostracismo do grupo social a que pertencem, seja a família, os colegas ou a comunidade em geral.

Para a propaganda, que é que constitui a identidade feminina e a masculina? Vamos considerar, para a resposta, o perfil mercadológico de três revistas, escolhidas aleatoriamente na série de publicações estudadas neste livro. O quadro abaixo mostra os produtos que predominam nos anúncios de mais de meia página de *Cosmopolitan* (um número), *Playboy* (um número) e *Woman* (dois números). As porcentagens se baseiam num total de 241 anúncios (87 da *Cosmopolitan*, 51 de *Woman* e 103 de *Playboy*):

Não analisaremos em detalhe as informações fornecidas pelo quadro, mas esperamos que o leitor reflita no valor das porcentagens e nas suas possíveis causas comunicantes. Por exemplo, por que encontramos anúncios de empregos na *Cosmopolitan* e não em *Woman* e *Playboy*? E por que os anunciantes esperam que os leitores de *Woman* gastem mais dinheiro em vestuário que os leitores de *Cosmopolitan*?

Para o estudo das estratégias de comunicação, basta extrair as informações genéricas sobre as expectativas dos anunciantes quanto às necessidades de homens e mulheres. Está claro que os produtos anunciados em *Woman* dão ênfase ao papel da mulher como dona-de-casa, como alguém que assume a responsabilidade pela alimentação e pela limpeza do lar. Mesmo que se suponha que a leitora ainda é atraente e se preocupa com a aparência, não se considera que este seja o principal interesse dela. Por outro lado, na *Cosmopolitan* a beleza e a aparência da mulher são a preocupação máxima, com sugestões sobre a melhor forma de aumentar ou preservar os encantos femininos e acentuando sua capacidade para atrair o homem.

Também os homens são persuadidos a adquirir vários produtos para melhorar sua aparência. Mas, como veremos, enquanto o ideal feminino *rejeita* os traços naturais do corpo da mulher – cabelo, olhos, pele, dentes, unhas, lábios, etc. –, os produtos de beleza oferecidos aos homens (roupa, principalmente) pretendem meramente *acentuar* os traços naturais do corpo masculino, e não transformá-lo. De modo semelhante, as imagens publicitárias do fumo e das bebidas fortes deixam claro que os produtos oferecidos aos homens se destinam a funcionar como atributos exteriores que criam "o verdadeiro homem". A esfera própria dos homens é a palpitante vida da sociedade: como senhores da tecnologia, eles manipulam os sérios e complexos negócios da vida.

A identidade do nosso gênero também se reproduz em anúncios isolados que refletem o fato de que, no consenso popular, o homem e a mulher são seres completamente distintos: se você não é um homem "perfeito", segue-se, com inexorável lógica, que você é "efeminado"; inversamente, se você não se comporta "como uma mulher", será estigmatizada como "masculinizada". Simplesmente, não existe a possibilidade de um terceiro ou quarto tipo de identidade sexual "natural". Portanto, torna-se vital permanecer no lado correto da linha de demarcação dos gêneros.

Encontramos na *Cosmopolitan* (fig. 13) um anúncio do creme dental Close-up, com a pergunta: "Seu perfume o deixa aceso. Será que seu hálito vai apagá-lo?" A legenda vem acompanhada por um bloco de texto e uma foto do tubo e da escova de dentes sobre uma penteadeira feminina. Anúncio muito parecido se encontra no *Sunday Times Magazine* (fig. 14), mostrando uma toalete masculina e um texto quase idêntico, embora o título pergunte: "Você mantém seu corpo fresco. Mas seu hálito não estará um pouquinho rançoso?" Por que os anúncios para homens consideram necessário variar de tal forma a mensagem?

Focalizemos primeiro as similaridades. Em ambos os anúncios está ausente o valor de uso higiênico do creme dental – tão ausente, na verdade, como o sabonete das ilustrações dominadas por produtos de beleza. O que predomina é o valor de uso estético, fazendo Close-up contribuir para uma aparência impecável, sempre apta a ser elogiada, sem o risco de comparações ou falhas – "Porque a vida está cheia deles [close-ups ('primeiros planos')]". Além disso, em ambos os anúncios a ausência de pessoas e a ilusão fotográfica que coloca os leitores em frente da toalete possibilita-lhes inserir-se e identificar-se com a pessoa ausente.

O anúncio do *Sunday Times Magazine* dirige-se a um público mais heterogêneo, já que na legenda não há sequer pronomes que especifiquem o gênero feminino ou masculino. No entanto, os objetos apresentados atraem mais aos homens, pois pertencem a uma toalete masculina. Junto com o anúncio da *Cosmopolitan*, claramente destinado apenas às mulheres, este último fala bastante a respeito da masculinidade e da percepção própria do homem no final da década de 70: os homens usam várias fragrâncias e, assim sendo, por que o título da *Cosmopolitan* não poderia, com uma troca adequada de pronome, funcionar com a foto do *Sunday Times Magazine*?

A resposta está na palavra "perfume". Há vinte e cinco anos, os homens não podiam usar fragrâncias sem serem tachados de homossexuais. As primeiras tentativas da indústria de cosméticos para expandir as vendas aos homens tinham de disfarçar as fragrâncias como produtos de saúde, como loção médica para o cabelo e loção após a barba. Simultaneamente, foram lançadas campanhas de propaganda com o objetivo de estabelecer uma conexão entre certos aromas e uma masculinidade brutal, na tentativa de efetuar uma redefinição da masculinidade. Essas campanhas tiveram tamanho êxito que, hoje em dia, a maior parte dos homens banham o rosto e o corpo com algum tipo de perfume antes de ir a um restaurante ou a uma discoteca: *Well placed, it's your most effective weapon. Rac-*

Figura 13 Close-up
Cosmopolitan, julho de 1977

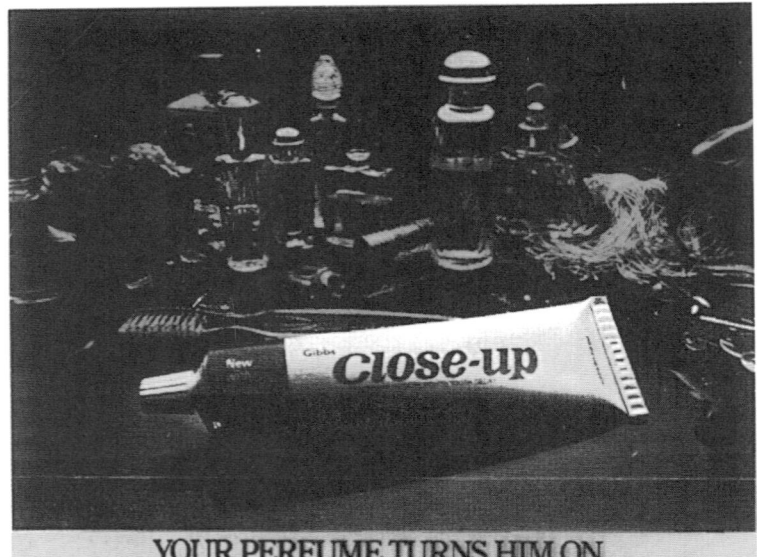

SEU PERFUME O DEIXA ACESO.
SERÁ QUE SEU HÁLITO VAI APAGÁ-LO?

Close-up. Porque a vida está cheia deles.
Close-up. O creme dental *forte*, que assegura um hálito fresco e uma gostosa sensação de limpeza na boca. Contém flúor, é claro. Mas contém algo mais, que o torna diferente dos outros cremes dentais: um sabor forte especial.

Você o sente enquanto escova os dentes.

Da próxima vez que usar Close-up, lembre-se de que não é apenas mais um creme dental com flúor.

Afinal, você precisa confiar tanto em seu hálito quanto em seu perfume.

PORQUE A VIDA ESTÁ CHEIA DE CLOSE-UPS

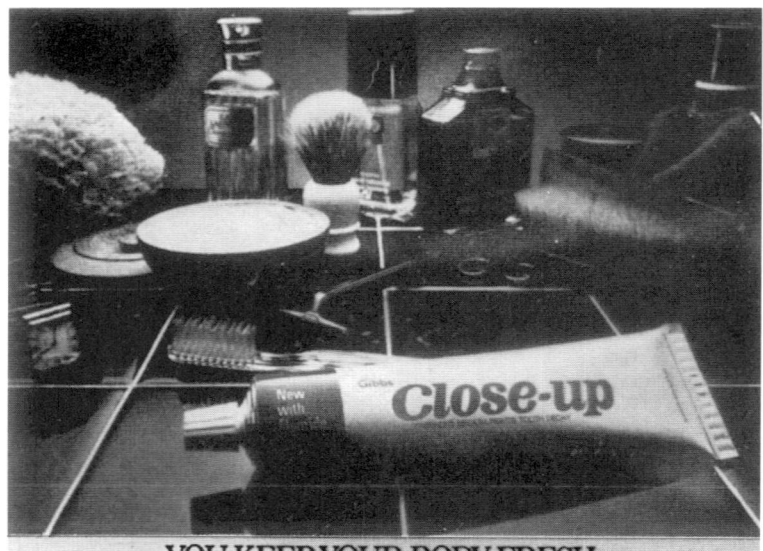

YOU KEEP YOUR BODY FRESH.
BUT IS YOUR BREATH A LITTLE STALE?

Close-up. Because life is full of them. Close-up. The strong, fresh breath toothpaste that gives you a cleaner-tasting mouth and fresher breath.
Of course, it has fluoride. But Close-up has something else which makes it quite different from other toothpastes – a very special strong taste.
You can taste the freshness as soon as you brush your teeth.
So next time you pick up Close-up, don't just think of it as another fluoride toothpaste.
After all, you want to be as confident of your breath as you are of your body.

BECAUSE LIFE IS FULL OF CLOSE-UPS

Figura 14 Close-up
Sunday Times Magazine, julho de 1977

VOCÊ MANTÉM SEU CORPO FRESCO. MAS SEU HÁLITO NÃO ESTARÁ UM POUQUINHO RANÇOSO?

Close-up. Porque a vida está cheia deles.
Close-up. O creme dental *forte*, que assegura um hálito fresco e uma gostosa sensação de limpeza na boca. Contém flúor, é claro. Mas contém algo mais, que o torna diferente dos outros cremes dentais: um sabor forte especial.
Você o sente enquanto escova os dentes.
Da próxima vez que usar Close-up, lembre-se de que não é apenas mais um creme com flúor.
Afinal, você precisa confiar tanto em seu hálito quanto em seu corpo.

PORQUE A VIDA ESTÁ CHEIA DE CLOSE-UPS

quet Club. Grooming gear for men ("Bem aplicado, é a sua arma mais eficaz. Racquet Club. Acessório de elegância para homens") (*Penthouse*, setembro de 1980). Tudo isso é cercado de auto-sugestão, já que as fragrâncias são chamadas "desodorantes", "loção após a barba" e assim por diante, mas nunca "perfume".

Em nossos dias, portanto, a real aplicação de fragrâncias pouco varia de homens para mulheres, mas, na percepção que formam de si, perdura uma importante diferença simbólica: os homens ainda não se converteram em mulheres, a barreira sexual permanece intacta.

A MULHER COMO RECEPTORA

O ideal de domesticidade

Tradicionalmente, os anúncios exibem as mulheres como mães e esposas, sustentando assim o ideal feminino de domesticidade. A imagem ainda subsiste, embora mais raramente, já que vem aumentando o número de mulheres que se consideram mais que mães de família e donas-de-casa. Certo anúncio de refrigerante retrata uma festinha de aniversário infantil, com as crianças felizes em volta do irrigador do jardim, uma delas junto de uma super "mamãe de quem os meninos dependem para ter dias alegres. E a mamãe depende de Kool-Aid".

Temos outro exemplo num anúncio das Crosby Kitchens (*Good Housekeeping*, abril de 1982), que mostra uma dona-de-casa tranqüila, numa cozinha moderna e um pouco rústica, descansando das obrigações domésticas e falando com a filhinha travessa de oito anos. O texto nos garante a qualidade do valor de uso das cozinhas Crosby: "Elas poupam os cuidados e canseiras da vida caseira – e além disso são bonitas." O título, contudo, promete bem mais que durabilidade e eficiência: "Cozinhas Crosby são o ♡ de um bom lar", sendo o valor emocional da mulher; "O lar é onde o ♡ está." Anúncios do tipo "família feliz", como o de Kool-Aid, Cozinhas Crosby e Simplicity, significam que, se a vida diária da leitora não é tão feliz e harmoniosa como aquela retratada na publicidade, a falha se deve, de certa forma, à sua incapacidade para cumprir as funções que se esperam de uma boa esposa e mãe. Desse modo, os problemas da família, muitas vezes socialmente determinados, assumem caráter individual e assim o desespero individualizado e incipiente se converte num esforço dirigido para o consumo, que se alega ser capaz de restabelecer o acordo entre a imagem ideal e a vida real.

Certos anúncios lembram as obrigações das donas-de-casa numa linguagem franca. O da Radox Herbal Bath (*Woman's Own*, outubro de 1978) retrata uma mulher exausta e cercada de brinquedos, prometendo: "Nós podemos transformar numa alegria sua volta para casa." Em outras palavras, o anúncio sugere que a dona-de-casa tem a obrigação de acolher festivamente o marido quando este chega do trabalho, tornando-se o mais atraente possível: "Seu marido estará em casa dentro de vinte minutos. Você quer recebê-lo calorosamente. Um banho Radox faz toda a diferença." Aparentemente, a mulher que não trabalha fora não tem o direito de se sentir cansada e de admitir que está exausta.

Não obstante, a imagem de domesticidade já não tem o efeito persuasivo de outros tempos – por exemplo, em meados dos anos 50, quando os cubos de carne OXO eram vendidos em função do "apelo-ao-homem" que as donas-de-casa adquiriam usando esse produto em refogados e empadas: "Katie, a ciosa e jovem noiva, existia apenas para servir a Philip (...) suas deliciosas empadas com OXO" (Faulder, 1977:41). A esperança do "apelo-ao-homem" era levada a sério nessa época, pois toda mulher queria ser "uma esposa que sempre esperava pelo marido e corria a servi-lo logo que ele chegava a casa" (Faulder, 1977:42). Esse apelo ainda foi usado pelas campanhas da OXO em meados dos anos 70. "OXO agora tem *o dobro do apelo-ao-homem*" (*Woman*, outubro de 1977), porque seu sabor agora é maior, "um gosto mais carnudo, mais OXO". A alegação de que o teor de carne do cubo e o seu apelo-ao-homem são diretamente proporcionais, juntamente com a foto de *dois* "maridos" satisfeitos, mostra claramente que tal "apelo" não deve ser levado a sério. Ironizando antigas campanhas publicitárias que exploravam a imagem doméstica, este anúncio ridiculariza um pouco a associação entre OXO e o apelo-ao-homem: "Apesar de romper com o clichê [...] em dado nível, em outro anúncio usa-o por completo" (Williamson, 1978:34).

Em vez de dar ênfase à imagem idílica de domesticidade, a propaganda moderna encontrará uma perspectiva mais ampla concentrando-se nos problemas que a maior parte das mulheres enfrenta atualmente: elas trabalham fora em tempo integral ou parcial e ainda cuidam dos afazeres domésticos. Por isso o anúncio de um *freezer* admite com clareza que a mulher a quem se dirige é responsável pela provisão de alimentos: ela está ciente da alteração dos preços por causa da inflação e das estações do ano, das vantagens de "comprar mais" ou de cozinhar "mais do que você precisa e congelar o resto para comer mais tarde". O anúncio também admite a hipótese de que ela trabalhe fora: "Se você trabalha o dia inteiro e não tem tempo para fazer compras, um *freezer* pode ser a salvação!" É neste contexto que a primeira promessa do anúncio deve ser observada: "Um *freezer* dá a você o melhor dos dois mundos." Em vez de se sentir mal como dona-de-casa quando está trabalhando e de ficar correndo desesperadamente de loja em loja depois do expediente, ela terá ao seu alcance, graças ao *freezer*, "o melhor dos dois mundos": o das tradicionais responsabilidades da mulher e do emprego pago.

Assim, esse anúncio e tantos outros refletem fielmente o fato de que, mesmo que as mulheres fossem bem recebidas no mercado de trabalho, nem por isso deixariam de ser consideradas responsáveis pelo grosso dos afazeres domésticos. Quanto à idéia de que a solução dos problemas criados por essa dupla função está no consumo de mercadorias, ela é de uma consistência total com o papel da propaganda (ver adiante, pp. 198-202).

A camisa-de-força do ideal da beleza

A imagem dominante da feminilidade na propaganda atual é o ideal da beleza e da forma. A transição da mulher doméstica para a mulher fascinante está eficientemente traduzida no seguinte anúncio: "Não permita que a maternidade estrague a linha de seu busto... Milhares de mulheres já usaram Aqua-maid para manter a linha do busto firme e juvenil – por que você não faz como elas?" (*Cosmopolitan*, julho de 1977). Segundo a propaganda, as prioridades femininas parecem ter mudado da maternidade e do cuidado dos filhos para a conservação da boa aparência física.

Esse ideal da beleza e da boa forma transfigurou-se na nova camisa-de-força da feminilidade, exigindo que as mulheres entrem em competição, mediante a aparência, pela atenção do marido, do namorado, do patrão e de todo espécime do sexo masculino que por acaso encontrem. Segundo Berger (1972:47), o ideal é passivo e controlado pelo Olho Masculino:

> *Os homens agem e as mulheres aparecem.* Os homens olham para as mulheres. As mulheres percebem que estão sendo olhadas. Isso não só determina a maioria das relações entre homens e mulheres, mas ainda a relação delas entre si. O observador da mulher em si mesma é masculino: a observada, feminina. Assim ela própria se transforma num objeto – mais particularmente, num objeto de percepção visual: numa visão.

A tese exige alguma elaboração. Ainda que o ideal da mulher seja em última análise passivo, "a mulher de hoje", tal como a retrata a publicidade, é bastante ativa. Na maioria dos casos, porém, sua atividade consiste em transformar-se num objeto passivo, à espera da iniciativa do homem. Por exemplo, um anúncio de um creme para as unhas recomenda que a mulher se entregue a um processo de embelezamento verdadeiramente laborioso; em seguida ela pode se reclinar para trás e deixar que "L'Érin Color Glaze alimente a conversa" (*Cosmopolitan*, edição norte-americana, março de 1982). Em outro anúncio, uma mulher diz orgulhosamente: "Quando desço à rua, logo ouço os assobios" (*Woman*, agosto de 1977).

Embora os homens sejam os árbitros finais no concurso de beleza entre as mulheres, algumas resolvem impor o ideal de beleza usando "a face horrível da fofoca" como arma principal. Desse modo, o Olho Masculino determina "igualmente a relação delas entre si" (Berger, 1972). O anúncio da Tao para a eliminação de pêlos indesejáveis por eletrólise começa perguntando se "as pessoas andam falando de pêlos sobre os quais você não deseja falar" (fig. 15). Na respectiva ilustração, "você", ou seja, a mulher que está de costas, é excluída da confidência compartilhada pelas "pessoas" (as duas mulheres à direita), as quais, com um misto de compaixão e malícia, estão falando a respeito da "sua" desvantagem física e social, que "você" mesmo reconhece como desvantagem e da qual, portanto, "não quer falar". Assim, o anúncio considera que é universal a repugnância por pêlos "indesejáveis", porque a pilosidade excessiva do corpo e do rosto situa a mulher no outro lado da linha de limites dos sexos. Para recuperar a confiança das duas amigas, não é necessário que a mulher se adapte às suas atitudes e normas: tudo quanto lhe resta fazer é consolidar as opiniões que já partilha com elas. É aí que se tornam indispensáveis os serviços divulgados pela Tao.

Esse anúncio explora o lado negativo da fofoca (para o lado positivo, ver pp. 139 ss.): a conversa malévola, "pelas costas" dos amigos e vizinhos, que de certa forma os condena ao ostracismo na comunidade. A publicidade lida com uma arma poderosa ao sugerir que certos traços físicos (e até naturais!) são tema de maledicência e vitimam as mulheres que não estão à altura dessas definições de feminilidade.

Para ampliar a reflexão sobre esse ideal, vejamos o anúncio do creme de limpeza profunda Anne French, inserido na *Cosmopolitan* de julho de 1977 (fig. 16): todo o seu tom mostra que foi redigido com um toque de auto-ironia. Por exemplo, o nome do astro do cinema (Robert Newford) entrevistado pela jovem repórter-protagonista, Felicity Brown, está humoristicamente deformado, mas é fácil reconhecer nele uma célebre figura de Hollywood. O redator está perfeitamente cônscio de que as pessoas não acreditam nas exageradas afirmações

Do other people talk about the hair you don't want to talk about?

How would you like to remove it forever? Talk to Tao. For the following reasons.

● Unlike some people today, Tao use a tried, tested, and proven method of removing unwanted hair. For over 40 years we've brought happiness to thousands of women.
● Tao treatment is recommended by doctors, hospitals and beauty consultants. ● Tao offers real value for money. Just compare our cost with that of other companies. Just add up how much it costs you in creams etc. over the years.
● Tao treatment gives a permanent answer to the problem of unwanted hair by a course of Electrolysis.
● Initial consultation is free, and without any obligation. ● There are 33 Tao Clinics throughout the country. There's one near you.

So talk to Tao. And stop people talking about that unwanted hair forever.

153 Brompton Road, London, S.W.3. (7 DOORS PAST HARRODS)
Tel: 589 4847, 589 5425, 589 7281 & 589 9055

THE TAO CLINIC (BRANCHES) LTD at **Aberdeen** (Tel: 56601). **Birkenhead** (Tel: 647 7472). **Birmingham** (Tel: 643 5471). **Bournemouth** (Tel: 22427). **Brighton** (Tel: 25436). **Bristol** (Tel: 28482). **Cambridge** (Tel: 62848). **Cardiff** (Tel: 26276). **Carlisle** (Tel: 27840). **Chester** (Tel: 20612). **Edinburgh** (Tel: 225 2642). **Exeter** (Tel: 73860). **Falmouth** (Tel: 313984). **Glasgow** (Tel: 332 8866). **Hull** (Tel: 23746). **Leeds** (Tel: 453237). **Leicester** (Tel: 544455). **Liverpool** (Tel: 709 5305). **Manchester** (Tel: 832 5466). **Newcastle-on-Tyne** (Tel: 21852). **Norwich** (Tel: 24446). **Nottingham** (Tel: 48494). **Oxford** (Tel: 49347). **Penzance** (Tel: 2110). **Plymouth** (Tel: 266450). **Preston** (Tel: 59046). **Redruth** (Tel: 21560 or 215394). **St. Austell** (Tel: 4566). **Sheffield** (Tel: 78481). **Southampton** (Tel: 23181). **Swansea** (Tel: 55316). **Truro** (Tel: 3946) And Toronto, Canada.

Figura 15 Tao
Cosmopolitan, julho de 1977

As pessoas andam falando de pêlos sobre os quais você não deseja falar?

Como removê-los para sempre? Fale com Tao. Pelas seguintes razões:
• Ao contrário de muita gente hoje em dia, Tao utiliza um método testado e aprovado para a remoção de pêlos indesejáveis. Por mais de 40 anos, tornamos milhares de mulheres mais felizes.
• Nosso tratamento é recomendado por médicos, hospitais e especialistas em beleza • Tao compensa realmente o dinheiro empregado. Compare nossos preços com os dos concorrentes. E pense no que você vem gastando com cremes, por todos esses anos. • Tao é a resposta definitiva para o problema dos pêlos indesejáveis, pelo método da eletrólise.
• Primeira consulta grátis, sem compromisso.
• 33 endereços em todo o país. Existe um pertinho de você.
Fale com Tao. Não deixe que as pessoas falem mais sobre esses pêlos indesejáveis.

126 | A LINGUAGEM DA PROPAGANDA

scoop!

Felicity Brown was a junior reporter on a local newspaper. It was mostly routine. Flower shows... Bazaars... Protest Meetings. But Felicity dreamed. One day it would happen. Her big chance. And she'd be ready for it....

One day it did. An ordinary kind of day, it seemed

She was sitting at her desk, correcting some proofs. It was raining. She was bored.

Then the editor appeared. Shouting through the office. "Get a reporter down to the Metropole fast. Robert Newford is staying there."

The news editor looked at her. He grinned. "It's your day," he said to her. "I'll have to be Felicity," he said to the editor. "There's no-one else here."

The room spun briefly. Her heart did funny things. It can't be true, she thought, I must be dreaming. But it was and she wasn't.

The editor looked anxious. "Can you cope?" he said. Felicity's nerve steadied. "I can cope" she said.

The interview was easy. He was charming, relaxed, funny. He even talked slowly, she got down every word. Then at the end he grinned at her. "How nice," he said;

to meet a pretty young reporter for a change." She took care of her skin with Anne French. It kept it super-clean, super clear. So she always looked wonderful. And Robert Newford wasn't the only one who noticed....

ANNE FRENCH
DEEP CLEANSING MILK

ROBERT NEWFORD TALKS TO FELICITY

Figura 16 Anne French
Cosmopolitan, julho de 1977

FURO!

Felicity Brown era uma repórter novata num jornal local. Sempre a mesma rotina. Exposições de flores... Feiras... Passeatas. Mas Felicity sonhava. Um dia iria acontecer. Sua grande chance. E ela estaria pronta...
Um dia aconteceu. Parecia um dia como os outros.

Estava sentada na escrivaninha, corrigindo algumas provas. Chovia. Ela estava aborrecida. Então o editor apareceu, gritando: "Mande um repórter imediatamente ao Metrópole. Robert Newford está lá!"
O editor de notícias olhou para ela e sorriu. "Hoje é seu dia", disse. E para o editor: "Tem de ser Felicity. Não há mais ninguém aqui." A sala girava. O coração batia como louco. Não pode ser verdade, pensou. Estou sonhando. Era verdade. Não estava sonhando. O editor parecia apreensivo. "É capaz de redigir?", perguntou. Felicity manteve-se firme: "Sou", ela disse.

A entrevista decorreu sem problemas. Ele era encantador, descontraído, jovial. E falava devagar! Felicity não perdeu uma palavra. No final, ele sorriu: "Que bom encontrar uma repórter jovem e bonita para variar!"
Ela cuida de sua pele com Anne French. Anne French mantém sua pele superlimpa, superfresca. Por isso parece sempre bonita. E não foi só Robert Newford que notou...

ANNE FRENCH
LEITE DE LIMPEZA PROFUNDA

do anúncio e, ao adotar esse estilo ultrapassado, explora a descrença delas fingindo que também a partilha. Ao mesmo tempo, no entanto, consegue invocar os mitos e sonhos do subconsciente do leitor, de modo que, apesar de ridicularizados, eles são explorados na sua plenitude. Tal como Felicity Brown, a leitora fica sonhando: ("Um dia iria acontecer. Sua grande chance. E ela estaria pronta... Um dia aconteceu.") E, tal como Felicity, ela não pode renunciar a nenhum complemento que a ajude a obter a maior recompensa para a mulher moderna: a apreciação de um homem atraente e de prestígio, *mais* um "*furo*" profissional. Em outras palavras, sucesso em termos de feminilidade tradicional e de feminilidade liberada, beleza e ação – esta na dependência daquela.

Com toda a sua clamorosa ironia, nem por isso o anúncio deixa de expor o fundamento básico do embelezamento da mulher: para ser feliz (cf. Felicity/felicidade) e bem-sucedida, a mulher tem que ser bela. Até que sobrevenha o momento da felicidade e do êxito, ela tem que viver suspensa em expectativas de um futuro maravilhoso, aplicando cuidadosa e incessantemente os cosméticos receitados pelo anúncio, relembrando que mesmo "um dia como os outros" pode ser decisivo para sua vida. Algumas até precisarão fazer cirurgia estética, se não "refletirem a imagem correta" (*Cosmopolitan*, julho de 1977).

Um bom número de anúncios de cosméticos admite abertamente que o ideal de beleza se baseia em artifícios. A peça da Max Factor (fig. 17) emprega a técnica do espelho, criando a ilusão de que a leitora está olhando para uma perfeita versão de si mesma, a aparência que teria se usasse o produto. Esse efeito é obtido fotografando o rosto em tamanho natural de uma modelo, acompanhado pela chamada "A pele dela é realmente tão bonita assim?" Alguns anúncios teriam preferido responder pela afirmativa, já que isso proporcionaria uma base para oferecer à consumidora os meios de conseguir a pele perfeita. Mas este adota um enfoque honesto: "Não sem uma pequena ajuda." Em outras palavras, a Max Factor nos convida a cair num pequeno engano que o *slogan* une elegantemente ao ideal feminino, evidente por si mesmo: "Você não gosta de ser mulher? Max Factor." A forma da pergunta convida a um "Sim", o qual é substituído por "Max Factor", implicando que "Sim" *significa* "Max Factor".

Um modelo inquestionável de beleza constitui igualmente o ponto de partida para o anúncio de uma máscara. Se os cílios da mulher não são compridos e escuros, conforme o modelo, é preciso fazer alguma coisa: a linguagem da propaganda não lhe dá a oportunidade de decidir *se* ela deseja seguir o modelo, mas apenas a de *como* se tornar uma perfeita versão de si mesma: *You won't believe your eyelashes. Even the shortest, lightest lashes can be really longer, darker in seconds* ("Você nem acreditará em seus cílios. Até os mais curtos e claros tornam-se mais longos e escuros em poucos segundos") (*Cosmopolitan*, julho de 1977). Isso fica ainda mais claro em outro anúncio cujo título afirma que "Nosso umectante é melhor que o seu" (*Cosmopolitan*, julho de 1977) com tal infalibilidade que dificilmente a mulher que não usa umectante não se sinta um tanto anormal.

A última frase da citada peça publicitária da Max Factor promete que, se a leitora usar uma base Max Factor, "irão perguntar de você: A pele dela é realmente tão bonita assim?". Repetindo, a resposta seria não, mas o que há de interessante na frase é que ela aponta para o deliberado desenvolvimento da inveja na publicidade: certa empresa vende um *make-up*

Figura 17 Max Factor
Cosmopolitan, outubro de 1981

A pele dela é realmente tão bonita assim?

Não sem uma pequena ajuda.
As bases Max Factor são tão finas e leves que você nem as nota. Mas os resultados são bem visíveis. Escolha: Velvet Balanced Make-up: pH equilibrado, não-oleosa, para conservar o natural equilíbrio ácido de sua pele.
Velvet Touch: base suave, leve, para dar à sua pele uma aparência radiante, fresca.
Ultra Moist: base cremosa, umectante, para pele seca.
Use uma dessas bases de Max Factor e esteja certa de que irão perguntar de você: A pele dela é realmente tão bonita assim?

VOCÊ NÃO GOSTA DE SER MULHER?   MAX FACTOR.

"para que você pareça invejavelmente calma" (*She*, agosto de 1977), outro que "ajudará você a conseguir, naturalmente, o melhor e mais invejável bronzeado" (*Cosmopolitan*, julho de 1977). Essa exploração da inveja representa um aspecto generalizado da propaganda:

> A publicidade está sempre voltada para o futuro comprador. Oferece-lhe uma imagem dele próprio que se torna fascinante graças ao produto ou à oportunidade que ela está procurando vender. A imagem, então, torna-o invejoso de si mesmo, daquilo que ele poderia ser. Mas que é que o torna pretensamente invejável? A inveja dos outros.
>
> (Berger, 1972:133)

Por que as mulheres aceitam o ideal publicitário?

Como vimos na seção anterior, a publicidade apresenta um ideal de beleza feminina que não a reconhece como uma qualidade resultante de características naturais. Nenhuma mulher atinge esse ideal sem comprar e aplicar uma série de cosméticos manufaturados; dependendo de suas predisposições naturais, ela aplicará mais ou menos cosméticos, mas todas têm de usar alguns: "Mesmo uma pele perfeita exige tratamento de beleza constante e regular" (*Cosmopolitan*, julho de 1977).

Não pretendemos que as mulheres nunca devam pintar os olhos, as faces, os lábios e os cabelos, usar perfumes e coisas assim. O que queremos dizer é que elas *e* os homens deveriam poder fazer experiências criadoras com a estética corporal, tendo em mente outros objetivos além da atração do sexo oposto. O ideal de beleza veiculado pela propaganda impede toda e qualquer tentativa de criação de um ideal mais razoável, especialmente um ideal que exija menos produtos para subsistir.

Portanto, por que as mulheres aceitam um ideal de feminilidade que não admite o menor excesso de pilosidade corporal e facial, nenhum sinal na pele, que exige obrigatoriamente cílios longos e assim por diante?

Primeiro: não aceitam. Já procuramos demonstrar que as mulheres retratadas nos anúncios são passivas, esperando que os homens tomem a iniciativa. No entanto, uma pesquisa das atitudes conscientes das leitoras de *Cosmopolitan* demonstrou que cerca de 70% das que responderam "disseram desejar dar o primeiro passo para conquistar alguém que apreciavam" (Jones, 1982b). De modo semelhante, ao retratar a leitora típica de *Cosmopolitan*, Jones (1982a) julga que ela "deseja o sexo para seu próprio prazer e é capaz de proporcionar a si mesma uma boa vida... Sexo? Sim. Objeto sexual? Jamais!". Muito embora o conteúdo redatorial de *Cosmopolitan* procure refletir uma imagem mais abrangente e auto-suficiente da mulher, o fato é que os anunciantes ainda parecem acreditar que as mulheres sucumbirão a um ideal que contradiz suas opiniões conscientes sobre "a nova mulher".

Segundo: as mulheres não consideram necessariamente o ideal em discussão como se expressasse a sujeição feminina às normas da sociedade patriarcal. As leitoras de *Cosmopolitan* não querem viver "inteiramente por causa *dele*. Isso significa que a mulher vai dar a máxima importância a si mesma – ao seu corpo, rosto, roupas, cabelo, trabalho e mentalidade" (Jones, 1982a). De acordo com esse ponto de vista, portanto, a mulher se embeleza para agradar a si mesma, e não para agradar aos homens. No entanto, quando julgam "lícito e até desejável... aspirar ao sucesso" (*ibid.*), será que as mulheres não terão de seguir "as regras do jogo" de uma sociedade dominada pelo homem?

Terceiro (e mais importante): parece que ainda não nos afastamos de nossos antigos valores: "A liberação [é] somente uma palavra; a realidade está muito para trás" (*ibid.*). Até um anúncio dirigido às mulheres em busca de emprego aposta no consenso de que sua principal tarefa é encontrar um homem – claro que o anúncio propõe responsabilidade e competição, mas logo se vê que Cristina não só fez uma porção de amigos no novo emprego como também encontrou um noivo.

Na sua maioria, as mulheres adultas foram criadas para aceitar a subserviência como estado natural, e é de crer que muitos problemas pessoais e conjugais lhes parecem motivados pela relutância em viver de acordo com as normas tradicionais do comportamento feminino. As imagens tradicionais da feminilidade podem então adquirir, de modo subconsciente, a condição de refúgio, onde os papéis estão bem-definidos e não há conflitos de identidade.

Pertencendo à indústria dos sonhos, a propaganda é demasiadamente engenhosa para apresentar uma visão exata e equilibrada da sociedade como ela é. Enquanto a maioria das mulheres fizer de si a idéia de donas-de-casa, a propaganda continuará a se dirigir a elas como tal, não obstante as estatísticas comprovarem que mais de 60% das mulheres casadas ganham salário. A melhor prova de que elas ainda concebem a si mesmas em termos da imagem tradicional é o fato de não recorrerem ao poder que têm de "provocar a derrocada dos anúncios ofensivos: optamos por não comprar os produtos que eles vendem" (Mower, 1981). Apresentando uma imagem global de feminilidade subserviente, pode-se dizer que a publicidade explora o anseio nostálgico das mulheres (e dos homens) pelos tempos em que a vida parecia mais singela.

A mulher independente

[A leitora da *Cosmopolitan*] não está engolindo o anzol, a linha e o chumbo da ética do trabalho masculino [...] Nós contornamos elegantemente a armadilha segundo a qual as mulheres, se quiserem entrar no mundo do homem, têm de agir como homens. Pelo contrário, trouxemos conosco novas opiniões femininas próprias, com certeza perturbadoras.

(Jones, 1982a)

Pode ser assim nas páginas de redação, que constituem um terço da revista, mas, nos outros dois terços, ocupados por anúncios, a mulher que trabalha e é economicamente independente chama a atenção por sua ausência quase total, muito embora mais de 40% dos postos de trabalho, na Grã-Bretanha, sejam ocupados por mulheres (*ibid.*). E, nos poucos casos em que ela aparece nos anúncios, seu trabalho pertence ao extremo mais prestigioso das ocupações.

É o caso de um anúncio da Halifax Building Society (*Cosmopolitan*, julho de 1977) que mostra determinada mulher no seu gabinete de trabalho, profissional atarefada, talvez gerente de uma casa de modas, com uma existência colorida. Na figura 18, o anúncio da Tampax mostra uma mulher em atividade, talvez numa dinâmica galeria de arte, onde ela tem "importantes decisões" a tomar. Os critérios que a tornaram bem-sucedida no trabalho são os mesmos que ela aplica em tampões de proteção: "Eu acredito em fatos. Mas primeiro eu os testo. É a única maneira de uma pessoa se sentir segura quando trabalha contra o tempo [...] E, uma vez conhecidos os fatos, Tampax se tornará sua escolha também."

Nem a imagem nem o texto oferecem a menor indicação de recusa a condescender com uma ética racional e competiti-

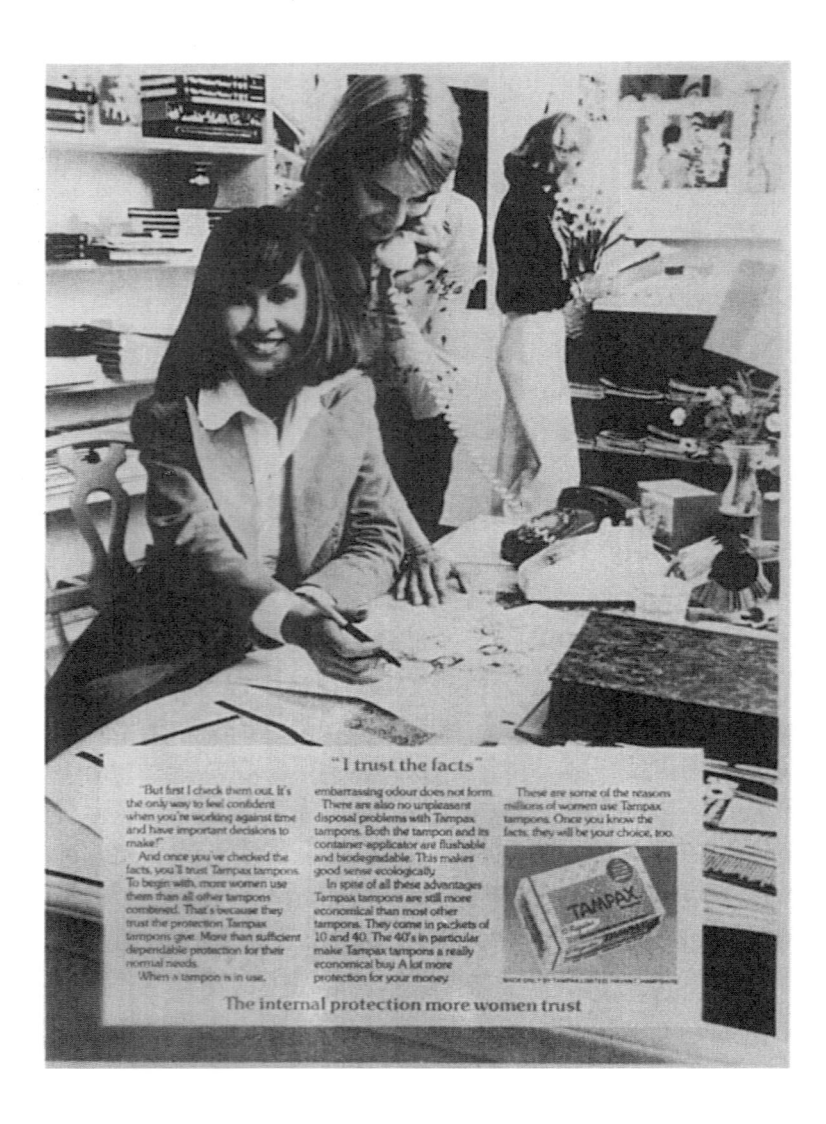

Figura 18 Tampax
Cosmopolitan, julho de 1977

"Eu acredito em fatos"

"Mas primeiro eu os testo. É a única maneira de uma pessoa se sentir segura quando trabalha contra o tempo e tem importantes decisões a tomar." E se você testa os fatos, confiará nos absorventes internos Tampax. Para começar, mais mulheres usam Tampax que todas as outras marcas juntas. E isso porque acreditam na proteção que Tampax oferece, superior às necessidades normais.
Quando um absorvente interno funciona bem, odores embaraçosos não aparecem. Nem desconforto. Tanto o absorvente quanto o aplicador são descartáveis e biodegradáveis. Ecologicamente, é uma boa idéia.
Além de todas essas vantagens, Tampax é mais econômico que a maioria dos outros tampões. É apresentado em embalagens de 10 e 40 unidades. A de 40 faz de Tampax uma compra realmente econômica. Muito mais proteção pelo seu dinheiro.

Essas são algumas razões pelas quais milhões de mulheres usam Tampax. E, uma vez conhecidos os fatos, Tampax se tornará sua escolha também.

FABRICADO SOMENTE POR TAMPAX LIMITED HAVANT HAMPSHIRE

A proteção interna em que mais mulheres confiam

va do trabalho masculino. Aparentemente, ao retratar o mundo do trabalho, a propaganda não abre espaço para a ética mais emotiva e cooperativa que a maioria das mulheres gostaria que permeasse todas as esferas da vida.

O ideal da masculinidade

Raramente se vêem homens na publicidade dirigida às mulheres. Mas, quando aparecem, são geralmente de tipo mais gentil, amistoso e compreensivo – menos machos – que aquele apresentado nos anúncios voltados para o público masculino. O que predomina, de aspecto modesto e afável, é o pai de família (por exemplo, o da fig. 12); os homens de um anúncio de French Almond (*Cosmopolitan*, julho de 1977) são do tipo moderadamente duro, e o funcionário da empresa construtora é o conselheiro prestativo que inicia a mulher na selva do mundo das finanças.

É também nos anúncios femininos que encontramos o "novo homem" – por exemplo, na *Cosmopolitan*, cujas páginas redatoriais "estão aqui para dar apoio e incentivo aos homens, à medida que eles vão saindo da toca e admitem ter emoções e medos próprios" (Jones, 1982a). Mas o único exemplo que encontramos do "novo homem" está num anúncio da British Gas (fig. 19), em que um homem e uma mulher aparecem na cozinha, ambos sorrindo, ele preparando uma *fondue*. Não se trata aqui do tipo duro tradicional ou do profissional bem-sucedido, mas de um intelectual gentil que também cozinha, não para "ajudar" a esposa apenas, mas como uma função natural do homem, quando os dois cônjuges trabalham fora: "Margaret é geofísica... Vance é historiador da ciência."

No entanto, embora ela seja uma cientista, no que tange à preparação das refeições, os comentários de Vance são mais técnicos, ao passo que Margaret é suficientemente prática para usar avental e parece ter a seu cargo as tarefas mais subalternas da cozinha: "Realmente, ainda não precisei limpar o forno nesses 10 meses em que nós o temos." E, enquanto ela descreve a facilidade com que prepara "carne e suflê de rim na parte de cima e maçãs assadas na parte de baixo", ele mostra como o controle de temperatura é importante para seu *hobby* de destilar cerveja.

A imagem do papel dos sexos é aqui bastante emancipada, como vemos, mas o anúncio ainda opera dentro de um mundo em que são inconcebíveis as alternativas para a família nuclear.

A face alternativa da fofoca

Já vimos, anteriormente, como a publicidade explora a face repressível da fofoca, que é a única visível numa sociedade dominada pelos homens: o anúncio da Tao sacrificava a mulher com pilosidade "indesejável", submetendo-a à fofoca.

É muito comum pensar que o mexerico é coisa de mulheres. Mas originariamente *gossip* (mexerico ou fofoca) não se limitava a elas. A raiz etimológica do termo, no inglês antigo, é *"god sib"*, expressão que significava padrinho ou madrinha de batismo, em geral um parente próximo. Mais tarde passou a significar um conhecido da família, sem referência específica ao sexo. Somente a partir do século XVII é que o vocábulo se aplica exclusivamente a mulheres e sua relação com os partos: "Como não se permitia que os homens assistissem ao parto,

Figura 19 British Gas
Cosmopolitan, julho de 1977

"Muito mais fácil de aprender, tão fácil de controlar! Por isso escolhemos o gás"

Margaret e Vance Hall, Chalfont, St. Peter, Bucks.

Margaret: "Por muito tempo planejamos ter um fogão a gás. Na verdade, minha mãe não tinha um, mas algumas vezes cozinhei com gás e sempre fiquei surpresa com a facilidade."

Vance: "Acho que é porque você consegue ver a chama. E saber o ponto em que as coisas estão. E, é claro, tudo é mais rápido também, o que é muito importante para nós. Às vezes só voltamos para casa às 19:30, sem muita disposição para cozinhar."

O cozimento automático é muito útil quando trazemos amigos para o fim de semana.

Margaret: "Basta ajustar os controles na sexta-feira de manhã, antes de sair para o trabalho. Quando voltamos para casa, o jantar está pronto."

Gosto da maneira como a grelha mantém-se presa quando você a retira

Margaret: "É uma grelha grande, muito boa — nela podemos cozinhar uma refeição completa para quatro pessoas, quando recebemos visitas."

Vance: "Na verdade, tudo o fogão é muito bem desenhado. Ele tem tudo o que precisamos — cozimento automático, timer, dá para enxergar bem a grelha, e até os controles são nítidos e simples."

Um controle de fervura é sempre importante — principalmente quando estou fazendo cerveja.

Vance: "Quando estou fervendo o líquido, encho a malha até a tampa. Se ele começa a entornar, a malha é muito pesada para eu levantá-la. Aí você imagina a bagunça..."

Margaret: "E o cheiro."

Vance: "Acho que os grandes cervejeiros preferem trabalhar com gás. Eles sempre dizem isso."

Zonas de calor no forno

Margaret: "A parte de cima do forno é visivelmente mais quente, assim eu posso preparar, por exemplo, carne e suflê de rim na parte de cima e maçãs assadas na parte de baixo, pois ambas recebem a quantidade certa de calor. Definitivamente, esta é uma das grandes vantagens do fogão a gás."

Graças a Deus, a limpeza é muito simples e rápida!

Margaret: "Realmente, ainda não preciso limpar o forno nessas 10 meses em que nós o temos. Basta passar um pano nas grades e no fundo. O revestimento e a disposição dos tubos facilitam a limpeza. As placas de aquecimento e a grelha também são fáceis de limpar, sem cantos difíceis de alcançar."

Sim, com gás sai mais barato, não é?

Vance: "Ele é muito preciso e esquenta instantaneamente, e também esfria rápido depois. Não é apenas econômico — você não desperdiça nada. E pode usar as zonas de calor para assar mais de um prato, aproveitando mais assim."

O Hall's Main Marigold Auto é um fogão superbarato, exclusividade da British Gas, com dois anos de garantia.

Margaret e Vance trabalharam na Universidade de Oxford. Eles se casaram logo depois e moraram em diversos apartamentos em Londres, antes de se mudarem para a sua primeira casa. Ambos têm profissões interessantes e diferentes. Margaret é geofísica, trabalhando na interpretação sísmica do mapas do mar do Norte. Vance é historiador da Ciência, e trabalha na Open University.

Um novo fogão a gás pode poupar-lhe tempo, aborrecimentos e dinheiro.

EFICÁCIA
essa é a beleza do GÁS

Cozinhar a gás economiza seu dinheiro e energia para a nação.

só as mulheres atendiam a parturiente em casa [...] o que provocava o ajuntamento geral de todas as mulheres da comunidade" (Rysman, 1977:178). Somente depois de *gossip* aplicar-se a uma reunião de mulheres, fechada aos homens, é que se desenvolve uma forma verbal e a palavra adquire sentido negativo. Aí se pode ver refletida a insegurança dos homens, excluídos em relação à segurança e à confiança das mulheres: eles temiam que elas ficassem fofocando nas suas costas, já que, "mesmo usado de forma depreciativa, o significado do termo *gossip* mantém o sentido de solidariedade" (*ibid.*).

Assim, a face alternativa da fofoca simboliza uma relação feminina exclusiva dentro de um mundo masculino, relação que permite às mulheres trocar experiências, queixas, segredos e ajuda mútua sem a interferência do homem, tradição de confraria anterior ao feminismo.

A maioria dos anúncios dirigidos às mulheres assume essa forma feminina de solidariedade, explorando-a com o objetivo de levá-las a aceitar definições patriarcais de feminilidade. Esses anúncios servis, baseados em uma protagonista e/ou testemunho pessoal, dividem-se em quatro subtipos, dependendo da presença da protagonista mulher com ou sem "adjuvante", bem como da função e direção do testemunho pessoal:

(a) *Estrutura plena*. Em um anúncio desenhado de Stop'n grow (*Jackie*), encontramos uma jovem normal que estava "realmente ganhando com Steve – e não só nas cartas. Aí ele reparou nas minhas unhas roídas". Felizmente, chega de repente Susie, e três semanas depois: "Susie estava certa! *Stop'n grow* é fabuloso. Nunca mais escondi as mãos. Não fico mais roendo as unhas. Estou muito ocupada andando de mãos dadas."

Esse anúncio estabelece uma relação-de-fofoca plena entre três mulheres: Susie ajuda a amiga aflita, a qual, ao contar como as coisas se passaram, ajuda a leitora enquanto amiga aflita em potencial. O mesmo modelo se encontra num anúncio não-desenhado do antiperspirante Soft & Gentle (fig. 20), em que uma entrevistada para obter emprego é bem-sucedida ("graças à minha esperta companheira de apartamento e seu Soft and Gentle"). A relação de comunicação entre a protagonista e a leitora se estabelece pela forma da primeira pessoa e reforça-se com a frase interrogativa final do texto: "consegui o emprego, não é?" A única pessoa em condições de responder é o leitor.

A publicidade que explora a estrutura da fofoca parece ajustar-se muito bem ao modelo actancial para a análise do conteúdo dos textos (cf. pp. 38-46). Requer apenas uma ligeira adaptação para acomodar a amiga ao primeiro subtipo:

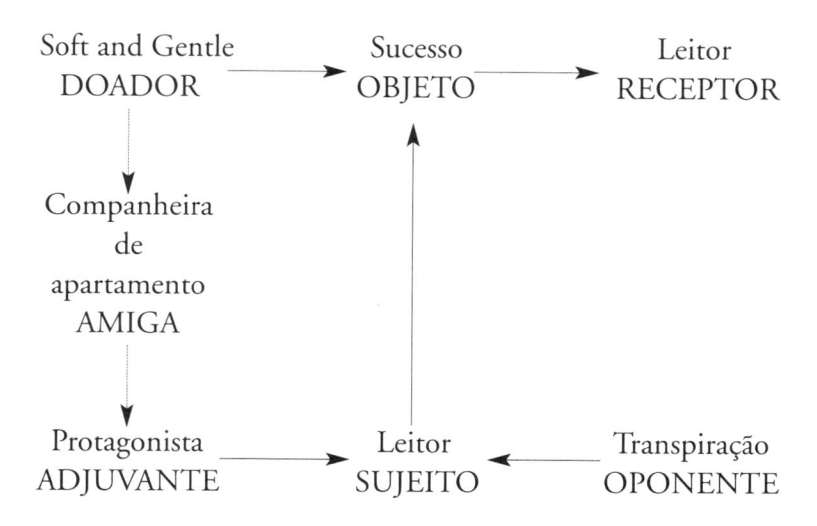

```
Soft and Gentle  ─────▶  Sucesso    ─────▶  Leitor
   DOADOR                 OBJETO              RECEPTOR
      ┆                      ▲
      ▼                      │
Companheira                  │
    de                       │
apartamento                  │
   AMIGA                     │
      ┆                      │
      ▼                      │
Protagonista ───▶  Leitor  ◀─── Transpiração
 ADJUVANTE         SUJEITO        OPONENTE
```

Não conseguimos encontrar um único anúncio com essa estrutura dirigido ao público masculino.

(b) *Estrutura nuclear*. A presença da amiga da protagonista é um elemento facultativo nos anúncios de fofoca, pois

Figura 20 Soft & Gentle
She, agosto de 1977, © Colgate-Palmolive Ltd. 1977

"Hoje, mais do que nunca, é que um antiperspirante tinha que funcionar!"

"E funcionou! Soft and Gentle me manteve seca o tempo todo. Em geral, entrevistas me fazem suar frio...! Mas, graças à minha esperta companheira de apartamento e seu Soft and Gentle, enfrentei a entrevista com a maior tranqüilidade. Admito que não acreditei muito ao descobrir que não arde nem mesmo depois de se depilar. Mas ele realmente me manteve seca e fresca. Quer dizer, consegui o emprego, não é?"

Soft & Gentle
Antiperspirante
Não arde nem mesmo depois da depilação

mesmo sem ela prevalece basicamente a exploração do grupo fofoca. Nos anúncios desse subtipo, a protagonista ainda é a responsável pela mensagem total, que consiste no seu testemunho pessoal ao leitor.

Inclui-se nessa categoria o anúncio de Simplicity, que já discutimos anteriormente (fig. 12) e no qual uma mulher comum se dirige às leitoras tratando-as como confidentes. O testemunho pessoal da narradora na primeira pessoa pode se tornar ainda mais confidencial quando a ilustração mostra uma folha de calendário com uma nota manuscrita ou registro de diário. Semelhantes recursos dão a impressão de permitir que o leitor participe dos desejos e vivências mais secretos do autor. O leitor se torna o confidente direto do protagonista: não há nenhum intermediário contando a história e assim, por exemplo, a leitora pode ser aliciada para um grupo de mulheres que planejam agarrar ou ludibriar um belo homem. Pode-se confiar num diário porque nele não há nada que se destine a ser visto pelos outros nem tampouco a enganá-los. Embora a afirmação a favor do produto seja improvável, a forma do anúncio visa a fazer com que você suspenda a sua incredulidade – nem que seja para se agarrar à última tábua do "talvez".

A protagonista também pode ser escolhida pela sua autoridade, aos olhos do público em geral, como um especialista ou uma celebridade. É o que nos mostra o anúncio de um perfume que se baseia na imagem da feminilidade representada por famosa atriz: o perfume é "suave, alegre, maravilhosamente imprevisível. Sou eu – talvez seja você também".

Outro anúncio, de Yeast-Vite (*Titbits*, julho de 1977), baseia-se no conhecimento especializado de Angela Bradshaw, mas, no seu efeito global, oscila entre a imagem da especialista e a da mulher comum que se dirige a outra. Para começar, ela se dirige à leitora como amiga aflita, criando um clima de intimidade graças ao emprego de pronomes demonstrativos, o que implica uma vivência compartilhada entre emissor e receptor: "Como é que você agüenta esse barulho?" e "Você pode fazer alguma coisa no momento em que sente esse vago sentimento de opressão que prenuncia uma dor de cabeça". Nesse momento a especialista assume o seu papel, como o demonstram os verbos no imperativo: "Vá direto à caixa de remédios." *Ela* conhece o meio racional e simples de resolver o problema, e a leitora se converte na criança aflita obedecendo à mãe experiente.

Raramente se vê esse subtipo em revistas masculinas.

(c) *Estrutura derivada*. Os anúncios pertencentes a esta categoria não têm protagonista encarregado da mensagem total, mas incluem um *comunicador assistente* para apoiar a mensagem articulada pelo anunciante. Quando veiculados em revistas femininas – caso em que o comunicador assistente costuma ser mulher –, poderão apelar para a mesma tradição da fofoca, como as duas categorias anteriores, especialmente se procurarem tocar numa tecla de intimidade.

O anúncio de Vichy Skin Care (fig. 21) entra nessa categoria, divulgando o testemunho de Marianne Patten, uma aeromoça. A imagem de intimidade e honestidade é criada, em parte, graças a um pronome demonstrativo ("Você vê anúncios com essas modelos maravilhosas") e, em parte, pelo fato de ela usar recomendações sub-reptícias e exposições incompletas: a pele dela se tornou "realmente mais estável" e Vichy provocou "uma grande diferença". De passagem, o anúncio menciona também "uma amiga", que falou de Vichy a Marianne Patten.

Em alguns casos, o anunciante estimula a intimidade feminina recorrendo a artifícios verbais que conferem autorida-

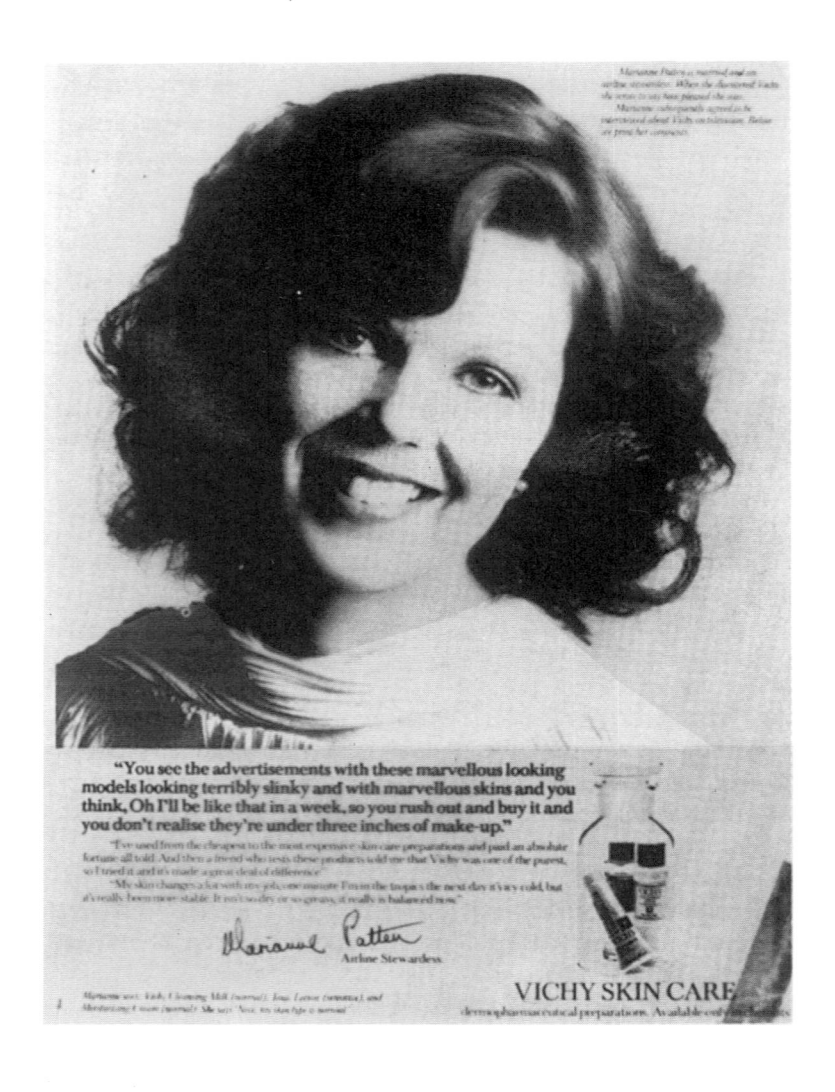

Figura 21 Vichy Skin Care
She, abril de 1977

ESTRATÉGIAS DE COMUNICAÇÃO: SEXO E CLASSE | 149

> Marianne Patten é casada e trabalha como aeromoça. Depois que descobriu Vichy, escreveu-nos comentando sua satisfação. Mais tarde, ela concordou em dar uma entrevista na televisão falando de Vichy. Aqui estão suas observações.

"**Você vê anúncios com essas modelos maravilhosas, tremendamente graciosas, com uma pele espetacular, então pensa, 'Vou ficar assim em uma semana', e sai correndo para comprar, mas você não sabe que aqueles rostos estão debaixo de dois dedos de maquiagem.**"

"Usei todo tipo de cremes para pele, dos mais baratos até os mais caros, pagando uma fortuna por eles no fim. Então uma amiga que trabalha com testes desses produtos revelou-me que Vichy era um dos mais puros. Experimentei e notei uma grande diferença."

"Minha pele muda bastante devido ao meu trabalho. Num dia estou nos trópicos, no outro num lugar gelado. Minha pele, no entanto, ficou realmente mais estável. Nem muito seca nem muito oleosa, mas realmente equilibrada."

Aeromoça

Marianne usa: Vichy Cleaning Milk (normal), Tonic Lotion (sensível) e Moisturing Cream (normal).
Ela diz: "Agora, meu tipo de pele é normal."

VICHY SKIN CARE

preparados dermofarmacêuticos. À venda apenas em farmácias.

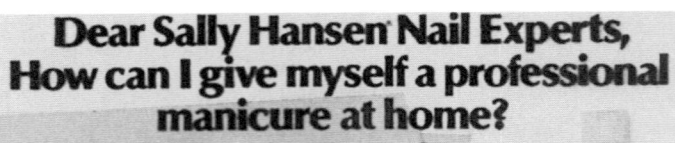

Figura 22 Sally Hansen
Cosmopolitan, outubro de 1981

Caros Especialistas em Unhas da Sally Hansen: Como fazer para ter uma manicure profissional em casa?

Basta seguir as instruções. Suas unhas parecerão terem sido feitas por uma profissional.

1º passo: Remoção do esmalte	O Removedor de ação rápida de Sally Hansen condiciona suavemente enquanto remove completamente o esmalte.
2º passo: Remoção de excesso de cutículas	O Removedor de Cutículas proteinizado é a maneira mais rápida e segura de retirar o excesso de cutículas.
3º passo: Umidificação e condicionamento	Aplique o Creme de Tratamento para Unhas para restaurar a umidade natural e condicionar unhas e cutículas.
4º passo: Aplicação de base	Com o pincel, aplique a Base para Unhas para uniformizar a superfície e torná-la lisa, ajudando a conservar o esmalte por mais tempo.
5º passo: Esmalte e fortalecimento	Hard-As-Nails, fórmula patenteada à base de nylon, fortalece as unhas e evita que se rachem ou quebrem.
6º passo: Aplicação de brilho	Supershine é uma cobertura transparente e brilhante para o esmalte.
7º passo: Se você está com pressa	Use Dry Fast para evitar danos ao esmalte durante a secagem.

Criadores de Hard-As-Nails, o protetor de unhas nº 1 da América de a determinada mensagem transmitida sem um comunicador assistente. O anúncio seguinte emprega *inclusive we* ("inclusive nós") a fim de criar uma identidade de interesses entre o produtor e o consumidor: "Quase todas nós tratamos as nossas pernas de maneira horrível. Para fazer a depilação, nós ainda..." (*Cosmopolitan*, julho de 1977). Segue-se a descrição do "terrível método" de depilação: "Você sabe como é" – frase cuja imprecisão pressupõe que tanto o emissor como o receptor compartilham um conhecimento. Os anúncios que empregam um comunicador assistente, principalmente como fonte de provas factuais sobre as vantagens do produto, não são peculiares às revistas femininas.

(d) *Estrutura invertida*. Nesta categoria, que ocorre muito raramente, o anúncio simula que a leitora iniciou o contato da fofoca, solicitando conselhos confiáveis, para um problema pessoal urgente: (fig. 22) "Caros Especialistas em Unhas da Sally Hansen, como fazer para ter uma manicure profissional em casa? Ouvi dizer que não é difícil ter unhas bonitas e bem cuidadas, mas não estou certa disso." A solicitação da leitora é autenticada pela forma como aparece: uma carta pessoal manuscrita, um pouco escondida por uma série de frascos de Sally Hansen. Altruisticamente, Sally Hansen aproveita a oportunidade para informar aos 2 milhões de leitoras de *Cosmopolitan* sobre os sete passos que farão com que suas unhas pareçam "terem sido feitas por uma profissional".

Identidade múltipla?

Há um tipo de anúncio, encontrado apenas em revistas femininas, que recorre a uma página de múltiplas ilustrações para apresentar diferentes aspectos de uma pessoa. Normalmente, meia dúzia de fotos da mesma mulher, ocupada em várias atividades, são espalhadas na página, cada qual acompanhada de um texto de suporte (cf. pp. 106-7).

Um bom exemplo disso está num anúncio da Max Factor (fig. 23), mostrando as 24 horas da vida de uma mulher com nove fotos dispostas cronologicamente: "9h da manhã", "11h30min da manhã", "2h45min da tarde", "4h15min da tarde", até as "2h50min da madrugada" e as "9h da manhã". A mensagem é que a máscara da Max Factor "dura 24 horas... Dirija até o trabalho com a capota abaixada, jogue tênis ou vá à piscina".

Notando que "o tipo de anúncio de múltipla identidade é particularmente aplicável às mulheres", Judith Williamson (1978:57) procura explicar a razão disso:

> "[O anúncio de múltipla identidade] permite incorporar críticas potenciais e defeitos no seu sistema de significação. Isso se aplica especialmente à sua atitude em relação às mulheres, que há tanto tempo são encaradas como uma entidade *feminina* pelos anúncios. A idéia do *Women's Lib* infiltrou-se na publicidade na medida em que ela está decidida a demonstrar que o produto é apropriado não só a todos os tipos de mulheres mas a todos os tipos de mulheres que existem em nós."
>
> (*ibid.*)

No entanto, como observa Williamson, a assimilação das críticas apresenta pouco ou nenhum aspecto de liberação, já que as ilustrações multifacetadas também simplificam e limitam as atividades das mulheres.

Por isso tendemos a favorecer outra explicação, inspirada na tese de Goffman (1979) sobre a semelhança entre comportamento infantil e as imagens publicitárias das mulheres. Es-

Figura 23 Max Factor
Cosmopolitan, abril de 1977

MAX FACTOR INVENTA A MÁSCARA 24 HORAS

9h da manhã 11h30min da manhã 2h45min da tarde

4h15min da tarde 6h35min da tarde 8h50min da tarde

12h35min da madrugada 2h50min da madrugada 9h da manhã

Nova! Maxi-Lash
MÁSCARA 24 HORAS

Uma máscara que dura 24 horas? Você pode até dormir com ela e depois acordar com a pele totalmente estimulada. Não, não estamos brincando.
Dirija até o trabalho com a capota abaixada, jogue tênis ou vá à piscina. Maxi-Lash é à prova d'água. À prova de poluição. À prova de manchas. À prova de descamação.

Nova! Maxi-Frost
SOMBRA DE LONGA DURABILIDADE

E se seus olhos são sensíveis à luz, use a nova sombra Maxi-Frost de longa durabilidade, rica em cores e que permanece por horas e horas.

Apenas pela
MAX FACTOR

tas, nos anúncios, costumam ter atitudes normalmente reservadas às crianças, apresentando-se "em estilo caprichoso" (Goffman, 1979:48), com expressões faciais e corporais tímidas, ou então manifestando um comportamento geralmente descuidado, que se aproxima de "uma espécie de palhaçada corporal", usando "todo o corpo como um mecanismo lúdico e gesticulatório" (Goffman, 1979:50). Essas descrições parecem adaptar-se pelo menos a duas fotos do anúncio da Max Factor. Segundo o mesmo autor, tais aspectos chamam a atenção para a falta de seriedade do comportamento feminino em geral, "uma tendência a comparecer a situações sociais vestida e arrumada de um modo que não a comprometa profunda ou irrevogavelmente [...] como se a vida fosse uma série de bailes de fantasia. Assim, às vezes zombamos de nossa própria aparência, pois a identificação não é profunda" (Goffman, 1979:51).

Não se deve esquecer, entretanto, que a falta de compromisso das jovens com os vários papéis que representam (nos anúncios) só é possível em contraposição a um fundo tradicional de papéis femininos, os quais (está implícito) toda mulher há de levar a sério, mais cedo ou mais tarde na vida. Os outros papéis podem ser inconseqüentes, mas não exigem um envolvimento autêntico.

Esta explicação dos anúncios de múltiplas imagens apresenta a vantagem de excluir os raros anúncios dirigidos a homens (geralmente, automóveis) que descrevem diferentes aspectos da vida de um homem em duas ou três fotos. Em nenhum desses casos encontramos falta de compromisso com o papel representado. "Cada roupagem parece atribuir-lhe alguma coisa em relação à qual ele é inteiramente sério e com a qual se identifica profundamente, como se usasse uma pele, e não uma fantasia" (*ibid.*).

O HOMEM COMO RECEPTOR

O ideal de feminilidade

Raramente as mulheres aparecem nos anúncios dirigidos ao público masculino. Quando isso acontece, sua imagem comprova que as características femininas mais apreciadas pelos homens são o reconhecimento da inferioridade e da dependência, assim como a pronta disposição em servi-los.

Os anúncios dirigidos aos homens tendem a retratar as mulheres sob duas formas básicas: como prostitutas e como criadas, com uma tendência a fundi-las nos devaneios masculinos.

O papel de prostituta é bem explícito em anúncios de casas de massagens. Um anúncio promete a volta aos esplendores de Roma e oferece uma plêiade de belas garotas, capazes de satisfazer corpos fatigados, como exigiam os romanos. Outro promete que "depois do vôo (ou dia atarefado de negócios)", podemos relaxar com massagistas "atraentes, inteligentes, de conversa agradável, elegantes, com idade entre 23 e 33 anos... de todas as raças e cores – mas todas civilizadas, todas ótimas" (*Mayfair*, agosto de 1977).

Os anúncios de "produtos" mais comuns também atendem à predileção masculina por moças sexualmente submissas, muito embora a associação entre produto e mulheres sensuais tenha de ser inferida pelo leitor a partir de alusões visuais ou verbais. Temos um exemplo disso no anúncio de certa marca de cigarros que representa um homem belo e viril com um roupão que lhe mostra o peito e cujo texto de apoio afirma que aquele fumo é a única fragrância de que um homem precisa. Se o leitor se perguntar "para quê?", basta relancear os olhos para a mulher seminua que o espera no plano de fundo, para completar o título elíptico.

O aspecto servil domina num anúncio de Singapore Airlines (*Newsweek*, dezembro de 1981), ainda que o elemento sexual não esteja ausente – longe disso. A meiga aeromoça asiática aparece reclinada, num ambiente exótico, enquanto responde a uma carta-poema que recebeu de um passageiro entusiasta que elogia a

> *Gentil aeromoça de sarongue malaio*
> *Você cuidou de mim como só você sabe fazer*
> *...*
> *Garota de Cingapura*
> *Você é um grande jeito de voar.*

Em anúncio mais recente da Singapore Airlines (*Time*, setembro de 1982), o elemento de persuasão é muito mais latente: o papel da meiga aeromoça foi reduzido a um rosto sorridente no fundo do canto direito, com duas mulheres nuas retocadas em silhueta dentro dos cubos de gelo de um coquetel bem destacado. A eficiência dessa "sedução subliminar" (cf. Key, 1973) é um tema bastante discutido: a maioria das pessoas não repara, nem é isso que se espera delas, nas estáticas mulheres nos cubos de gelo. Mas será que nosso lúbrico subconsciente, apesar disso, não registra aquelas imagens, inclinando-nos a optar pela Singapore Airlines? Não estará aí a justificativa para a proclamação de um "serviço de bordo de que até as outras companhias aéreas falam"?

Publicidade desse gênero costuma provocar críticas das mulheres. Para Sarah Mower (1981), tais anúncios provam que, "apesar do progresso da última década, a representação das mulheres nos anúncios é normalmente sexista e aviltante", principalmente em jornais comerciais e industriais, revistas de automobilismo, motociclismo e de "mulheres".

Não obstante, também nas revistas femininas surgem com muita freqüência anúncios ofensivos, como o de certa marca de sapatos, que é sexualmente agressivo, conforme costuma suceder com a publicidade de calçados. Mostra a parte superior das coxas de duas mulheres, desnudando sete polegadas de pele entre as calcinhas bem sumárias e as sofisticadas meias de malha que chegam pouco acima dos joelhos. É provável que a maioria das mulheres considere degradante ver-se retratadas como uma pélvis com as pernas em destaque, principalmente porque a imagem não tem nenhuma relação com os sapatos anunciados[2].

Em seu artigo, Mower acha possível "erradicar" os anúncios ofensivos e degradantes das revistas. Nós advogamos tal proposta, não por oposição às tentativas de regulamentar a propaganda, mas porque a regulamentação deve ter finalidade mais ampla para que seja operacional (cf. pp. 262 ss.). Como decidir exatamente quais os anúncios que são ou não degradantes e ofensivos às mulheres? De resto, se um grupo feminino do tipo *Women in Media* viesse a ter jurisdição sobre os anúncios que exibem mulheres, que dizer da publicidade que mostra os homens como animais sexuais (cf. adiante)? Já que essas imagens masculinas só podem ser compreendidas à custa das mulheres, será que tais anúncios também seriam considerados "ofensivos" a elas?

▼

2. Originariamente propostos por F. Parkin, *Class Inequality and Political Order* (Londres: Paladin, 1972), os sistemas de significação são discutidos em Hall (1973).

Figura 24 English Leather Musk
Viva

Almíscar de English Leather. A maneira civilizada de rugir.

Na selva, quando um animal ruge, todo o mundo sabe que ele está lá.
Mas o homem precisava encontrar uma maneira civilizada de rugir.
Agora ele a tem: Almíscar de English Leather. Selvagem. Primitivo. Intensamente masculino. Deixe que ele provoque seus instintos.
E há uma linha completa de tratamento. E assim você pode rugir com o sabonete, rugir com o desodorante, e rrrugir com a colônia ou a loção após barba.

O ideal de masculinidade

Pode-se dizer que a preponderância das mulheres submissas reflete a nostalgia dos homens pelos bons tempos em que a sua soberania não sofria contestação e nenhuma feminista empedernida exigia mudanças nos seus comportamentos e atitudes. Não surpreende que a esta imagem da mulher corresponda uma imagem de masculinidade destinada a enaltecer o ego do homem.

É comum ver o homem retratado como um animal sexual, desde o anúncio de Martini com suas embaraçosas alusões – ele nos assegura que podemos tomar Martini "antes e depois de velejar, jogar golfe e fazer equitação. Antes e depois... de tudo, mesmo"(*Mayfair*, outubro de 1977) – até os convites mais explícitos de "fazer de todos os dias o seu dia Brut", "Traga consigo um bastão daqueles" e "Dê-lhe sua melhor descarga" (anúncios para loção após a barba Brut, desodorante em bastão e vaporizador antitranspirante, respectivamente) (*Playboy's Fashion Guide*, primavera/verão de 1981).

Essa imagem brutal é levada à sua conclusão lógica num anúncio de English Leather Musk, cujo título nos informa ser ele "a maneira civilizada de rugir", com uma ilustração que mostra uma figura meio homem, meio leão e um olhar indiscutivelmente "Selvagem. Primitivo. Intensamente masculino" (fig. 24).

Temos outro anúncio que adota o mesmo estilo de persuasão, lembrando ao indivíduo do sexo masculino que vivemos numa selva. Tarzan obedecia aos instintos e queria ter um aspecto selvagem, indômito, viril. A ilustração mostra um Tarzan à moda dos anos 80, rondando à noite com o seu tigre.

A imagem animalesca resvala às vezes para o homem forte, rude e vigoroso, como sucede ao anúncio de uma bebida alcoólica grega que assevera tratar-se de algo que nem todos agüentam. Além de invocar o aspecto competitivo das relações masculinas, joga com a posse de uma inexorável força física: a ilustração mostra o guante de um cavaleiro encouraçado agarrando uma garrafa, imagem que é desenvolvida no texto.

Este último anúncio preenche o hiato entre duas imagens de masculinidade: a do homem que compete por mulheres e a daquele que compete por sucesso nas áreas tradicionalmente masculinas de atividade – negócios e política –, com os objetivos de adquirir dinheiro e poder. A imagem do sucesso é ilustrada por um anúncio de charutos mostrando um homem muito bem vestido, em elegantes trajes de caça: "Quando você sentir o gosto da liderança, acenda um A & C Grenadier" (*Penthouse*, setembro de 1980). Na longa série de anúncios da Rothmans, agora não mais usada, aparecia um tipo completo de homem metonimicamente representado por uma mão peluda e bronzeada (fig. 25). A mão de um piloto, acompanhada do *slogan* "Quando você sabe o que quer...", apela tanto para a distinção que o leitor faz de marcas de cigarros como para os anseios mais gerais da vida da pessoa, os quais estão visualmente condensados na ilustração: riqueza, poder, domínio.

A propaganda apresenta vestígios de atitudes mais moderadas em relação à necessidade que os homens têm de mostrar-se superiores às mulheres em atividades tradicionalmente masculinas, como a mecânica e a tecnologia. Um anúncio do seguro de vida Scottish Widows, publicado no *Sunday Times Magazine* (que tem metade dos leitores do sexo masculino), rompe ao mesmo tempo com as convenções da propaganda e

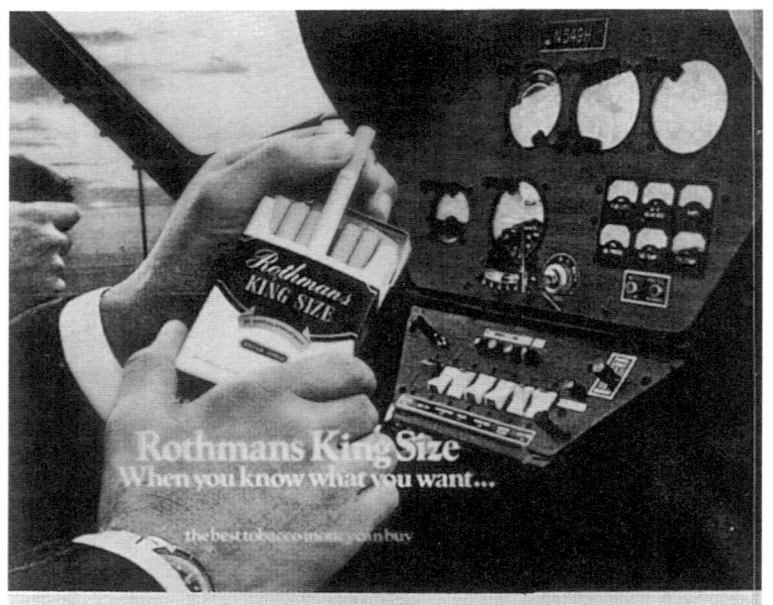

Figura 25 Rothmans
Mayfair, agosto de 1977

do papel dos sexos no sentido de chamar a atenção para uma mensagem obscura. O título, "0 a 5 m. p. h. em 20 ss.", ridiculariza os anúncios mais viris de automóveis, ao passo que a foto de um homem empurrando um velho Ford Anglia e as primeiras linhas do texto retratam uma situação embaraçosa para o ego masculino:

> Aí está você procurando impressioná-la com seus arranques de piloto e embreagens duplas, quando o carro pifou e o remédio é sair e empurrar. Você lhe diz: *Engate a segunda*. Quando você volta para junto dela, ela lhe diz que o motor afogou, a ignição está desregulada e que é melhor vender o carro enquanto ele ainda anda.

(*Sunday Times Magazine*, julho de 1977)

> **Rothmans King Size**
> **Quando você sabe o que quer...**
>
> o melhor cigarro que seu dinheiro pode comprar
>
> TEORES MÉDIOS conforme determinação do governo de S.M. TODO PACOTE POSSUI UMA ADVERTÊNCIA DO GOVERNO SOBRE OS RISCOS À SAÚDE

Não obstante, se é que o anúncio chama realmente a atenção do leitor sem contrariá-lo, a mensagem da superioridade técnica da mulher só funciona como chamariz pelo fato de se afastar das normas do papel dos sexos.

A HOMENS E MULHERES: CONCLUSÃO

A propaganda convida homens e mulheres a adotar um comportamento de papéis sexuais quase teatralmente autodirigido, o qual é sexualmente mais explícito para os homens, a quem nossa cultura atribui um instinto sexual incontrolável, e mais indireto para as mulheres, que só no século XX, aproximadamente, adquiriram o direito de possuir uma sexualidade.

Especialmente nos anúncios dirigidos a mulheres, raramente encontramos traços inequívocos de uma sexualidade apaixonada, mas temos um raro exemplo disso no anúncio de batom (*Cosmopolitan*, julho de 1977) que proclama "um brilho luxuriante e sedutor" e "O sol beijou cores que parecem eternamente tentadoras".

Na arquetípica divisão das mulheres em madonas (puras, suaves, inocentes, brancas) e prostitutas (apaixonadas, tentadoras, ruivas), o ideal publicitário da mulher "natural" chega mais perto da versão modestamente liberada da madona: sempre suave e passiva, mas sexualmente atraente (embora não-agressiva), como a moça do anúncio de Lancôme (fig. 26) – uma florzinha juvenil (vestido e chapéu floridos, os ramos de folhagens), aguardando ansiosamente o homem amado, mas suficientemente tímida para mostrar uma expressão contida quando está com ele.

É esta a definição da mulher "natural", sem levar de forma alguma em conta o número de vezes em que ela violou o sagrado aspecto da inocência recorrendo ao uso de produtos de beleza artificiais para se tornar atraente. Para os homens, a potência sexual representa a síntese da masculinidade.

Nos próprios anúncios da *Cosmopolitan*, a mulher liberada subordina-se ao homem. É o que tão bem nos ilustra a publicidade de um perfume que apresenta uma mulher ativa, intelectualizada, bela e independente. No entanto, no detalhe do canto esquerdo, onde ela e um homem montam o mesmo cavalo, é ele quem segura as rédeas. Sempre que os dois sexos estão juntos, é o homem quem está no comando. Além disso, esse detalhe é a única parte do anúncio que não usa foco difuso, motivo pelo qual a mulher subordinada está, do ponto de vista visual, "em foco".

Em resumo, a propaganda parece encarar o movimento em prol da igualdade feminina, em grande parte, como uma liberação sexual moderada, cuja função consiste em legitimar casos pré-conjugais e, possivelmente, extraconjugais.

AS CLASSES COMO RECEPTORAS

A publicidade dirigida principalmente à classe trabalhadora tende a prometer uma transformação pessoal por intermédio do produto que está anunciando (Cinderela); a publicidade para a classe média promete a transformação das relações por meio de uma atmosfera geral criada por um conjunto de produtos (O Palácio Encantado).

(Berger, 1972:145)

Esta citação de *Ways of Seeing* sugere, sem dúvida, uma hipótese interessante de propaganda específica para cada classe. Berger, contudo, não demonstra a hipótese com uma análise detalhada, o que torna muito difícil verificá-la, já que ele não particulariza os aspectos que definem a publicidade dirigida à classe trabalhadora e à classe média, nem fornece um exemplo de cada uma delas. Não obstante, os anunciantes – e os estudiosos críticos – têm de levar em conta a classe a que pertence e com que classe se identifica o público das várias publicações.

Em termos marxistas, distinguem-se duas classes fundamentais: a burguesia, que detém a propriedade privada e o domínio dos meios de produção, mas que é muito reduzida para desempenhar algum papel nas estratégias publicitárias; e, do lado oposto, a classe trabalhadora, com várias divisões internas, que forma a esmagadora maioria.

Figura 26 Lancôme
Cosmopolitan, julho de 1977

Lancôme criou

A fragrância para todas as horas, todos os lugares

Ô de Lancôme.
A fragrância para todas as
horas, todos os lugares.
Leve.
Refrescante.
Dá vida a seu corpo inteiro;
com fulgor e vitalidade.
Revivendo a frescura da
manhã. O dia todo.
Ô de Lancôme.
A fragrância para todas as
horas, todos os lugares.
À venda também em
concentrado duplo,
embalagem
spray.

OS FRANCESES TÊM UMA PALAVRA PARA BELEZA

LANCÔME

Todas as pesquisas sobre leitura, entretanto, são baseadas num modelo de seis classes: classe trabalhadora baixa, média e alta, de um lado; do outro, classe média baixa, média e alta (as quais pertencem, em conjunto, à classe trabalhadora que acabamos de definir). O modelo reflete a maneira genérica de pensar a respeito das classes, como uma escala móvel de estratificação social, e não como uma divisão antagônica entre burguesia e proletariado.

Teremos de recorrer a esse modelo de estratificação quando discutirmos a publicidade dirigida especificamente a uma classe, distinguindo entre classe trabalhadora, constituída por operários braçais, qualificados ou não, e classe média, constituída por trabalhadores "colarinho-branco", entre os quais se incluem empregados de escritórios, profissionais liberais e funcionários públicos.

Independentemente do fato de pertencerem a determinado estrato social, o homem ou a mulher gozam de relativa liberdade para reagir à sua posição e situação social em termos de três sistemas de significação, pelo menos:

1. *Sistema dominante*. Apresenta o que se poderia chamar de versão "oficial" das relações de classe. Promove a sanção da desigualdade existente e induz uma reação entre os membros da classe subordinada que pode ser descrita como de *deferência* ou de *aspiração*. Ou seja, uma definição "dominante" da situação induz as pessoas a aceitarem a atual distribuição de atividades, poder, riqueza, etc. Ou aceitam pura e simplesmente as coisas "como elas são", ou aspiram a participar pessoalmente das compensações existentes.

2. *Sistema subordinado*. Define uma estrutura moral que, embora preparada para endossar as pretensões do sistema

dominante ao controle geral do processo econômico, não deixa de reservar o direito à negociação de melhores condições para determinados grupos, em todas as ocasiões. Promove respostas *acomodatícias* ou *negociadas* à desigualdade, funcionando, por exemplo, nas atitudes que se escondem por trás da noção de "nós" e "eles", bem como nas negociações sindicais coletivas, por meio das quais a *estrutura* do sistema de recompensas recebe aceitação. Tudo o que está em causa é a parcela que toca às diversas comunidades e grupos.

3. *Sistema radical*. A força desse sistema é o partido político de massas, que se baseia no segmento da classe subordinada cuja identidade de interesses se expressa na solidariedade da classe operária. Tem consciência de classe (ao contrário dos dois sistemas anteriores), na medida em que rejeita as estruturas mediante as quais uma dada classe alcança uma posição dominante e, portanto, promove uma reação de *oposição* à desigualdade.

(Fiske e Hartley, 1978:104)

Como dizíamos, as pessoas gozam de relativa liberdade para reagir à sua situação social em termos desses sistemas significantes, podendo até mover-se entre os sistemas: "Todos nós temos crenças mutuamente contraditórias acerca da nossa posição na sociedade e reagimos às nossas condições de formas diferentes ao mesmo tempo" (Fiske e Hartley, 1978:103).

Seja como for, para os nossos fins poderemos generalizar dizendo haver uma correspondência aproximada entre a consciência da classe média tradicional, de um lado, e o sistema dominante, de outro. Os membros desta classe são relativamente privilegiados em termos de riqueza, poder e oportunidades, o que pode resultar na aceitação da ideologia da competição individualista. Como já alcançaram uma certa posição, longe do extremo inferior da hierarquia social, essa ideologia tem, para eles, certa credibilidade.

Por outro lado, vemos uma correspondência aproximada entre a consciência tradicional do operariado e o sistema subordinado. Com efeito, muitos membros da classe trabalhadora aceitam friamente a sua posição no extremo inferior da estrutura de classes pelo fato de a experiência das gerações lhes haver ensinado que "filho de operário arranja emprego de operário". Alguns se resignam a uma atitude derrotista, outros dedicam sua energia a uma luta reformista pelo progresso coletivo de suas condições de classe.

Se tais correspondências forem corretas, é de esperar que os anúncios dirigidos a um público de classe média dêem destaque à resposta de aspiração (cf. pp. 89-90). De fato, esse é o caso de numerosos anúncios dirigidos à classe média, que apelam para a individualidade dos leitores, singularizando cada um deles como um indivíduo único, às vezes a ponto de apresentar as mulheres como solipsistas, olhando fixamente para o vazio ou gozando narcisisticamente seu próprio corpo. O individualismo se torna mais explícito na parte verbal dos anúncios:

> [O cereal de marca X] para o desjejum é especial para as pessoas que desejam aperfeiçoar sua forma, mas não alterá-la por completo.
>
> (*She*, agosto de 1977)

> Cancan [...] para a mulher que ousa viver uma vida plena.
>
> (*ibid.*)

Afinal, você poderia dizer que tínhamos você em mente ao fazê-lo.

(*ibid.*)

Repetindo, [Volvo] nunca foi carro senão para uns poucos escolhidos.

(*Time*, setembro de 1982)

Por vezes a publicidade dirigida à classe média lisonjeia sua audiência insinuando que o leitor já pertence a um grupo social de prestígio – por exemplo, o dos que costumam gozar de férias de inverno:

A escolha de sua estação de esqui este ano [...] poderá ser mais fácil do que nunca.

(*Sunday Times Magazine*, julho de 1977)

Afinal, lisonjear o ego do leitor não está inteiramente ausente nos anúncios dirigidos à classe trabalhadora:

Seja qual for seu tipo de cabelo, é o certo para você.

(*Woman*, julho de 1977)

Imperial International... para quem exige perfeição.

(*Mayfair*, outubro de 1977)

Ao analisar a propaganda dirigida à classe trabalhadora, não encontramos praticamente nenhum vestígio da reação acomodatícia própria do "sistema subordinado" (já citado), para não falar da reação de oposição, que falta por completo, por razões óbvias: a propaganda não pode usar seriamente uma resposta que rejeita toda a estrutura socioeconômica da qual depende. Por esse motivo, nas poucas vezes em que se refere a respostas de oposição, seu objetivo é neutralizá-las (cf. pp. 253 ss.).

Before Pyrex casseroles, it was Ethel what made life simple.

Before Pyrex casseroles, there was something almost as useful called Ethel.

If you owned an Ethel, you could get by without Pyrex casseroles. Heavy, grimy pans and bowls are fine if they're somebody else's struggle.

Unlike Pyrex casseroles, however, an Ethel was easily worn out. And never welcome at the dining table.

Besides, with casseroles in clear glass, and beautifully designed decorative casseroles, upstairs people became more than willing to cook and serve for themselves.

Light, simple, tough, ovenproof, attractive and easy to clean, Pyrex casseroles had just too many advantages.

It was Ethel what had to go. And Pyrex casseroles what stayed ever after.

PYREX

Making life simple made us a household name.

If your servants have left, send now for a free colour booklet of the complete Pyrex range — with many exciting recipes.
Write to: Corning Housecraft Service, Dept. W4, Greater London House, Hampstead Road, London NW1 7QP

CORNING

Figura 27 Pyrex
Woman, outubro de 1977

Antes das vasilhas Pyrex, era Ethel que simplificava a vida.

Antes das vasilhas Pyrex havia uma coisa quase tão útil chamada Ethel.

Se você possuísse uma Ethel, poderia passar sem as vasilhas Pyrex. Panelas e recipientes pesados e enegrecidos são ótimos quando outra pessoa lida com eles.

Ao contrário das vasilhas Pyrex, no entanto, uma Ethel era facilmente descartável. E nunca bem-vinda à mesa.

Além de tudo, com as vasilhas de vidro transparentes, decorativas, pessoas de classe começaram a querer cozinhar e a servir-se pessoalmente.

Leves, simples, resistentes, antitérmicas, bonitas e fáceis de limpar, as vasilhas Pyrex só oferecem vantagens.

Ethel é que teve de partir. E as caçarolas Pyrex ficaram desde então.

Ter simplificado a vida tornou nosso nome familiar.

Se sua empregada foi embora, escreva-nos solicitando catálogo completo em cores, com toda a linha Pyrex e com muitas saborosas receitas.

A própria resposta acomodatícia parece ser em grande parte incompatível com os objetivos da propaganda: ao procurar convencer cada leitor, individualmente, dos benefícios pessoais advindos da compra do produto, ou de sua miraculosa capacidade para compensar o que se percebe como uma deficiência pessoal, ela não comporta as vagas associações de solidariedade grupal do sistema subordinado.

O anúncio da Pyrex mostrado na figura 27 explora efetivamente a noção de "eles" e "nós" no uso de "que" (*what*) como pronome relativo concernente a seres humanos, o que é um traço característico da fala da classe trabalhadora; fala também em "pessoas de classe". No seu conjunto, porém, o objetivo é fazer com que os leitores da classe trabalhadora se identifiquem com a gente da alta roda, que, por apreciar as assadeiras Pyrex, teriam dispensado as empregadas (ver ainda p. 253). Apesar de incluir a reação acomodatícia, portanto, a "significação preferencial" do anúncio induz o público ao sistema de significação dominante.

Como é óbvio, a grande maioria dos anúncios dirigidos à classe trabalhadora parte do princípio de que os leitores não desejam senão aderir às fileiras da classe média; neste caso, a publicidade exerce a função de catálogo, o qual permite aos leitores ambiciosos entrar em contato com os padrões da classe média que desejam imitar. Podemos então considerar que a propaganda dirigida à classe trabalhadora se baseia na adoção indiscriminada da tese do *aburguesamento*, "a qual, diante da riqueza aparentemente generalizada dos anos 60, procurava demonstrar que as velhas divisões de classe estavam desaparecendo, na medida em que os membros do operariado 'se juntavam' à classe média em proporção crescente" (Fiske e Hartley, 1978:106).

Em outras palavras, a maior parte dos anúncios dá como certo que nossa posição relativa na escala social é determinada pela quantidade de produtos de prestígio que possuímos. Por exemplo, um anúncio das capas Easifit promete que *Easifit adds that touch of class* ("Easifit acrescenta aquele toque de classe") (*Woman*, outubro de 1977).

Encarada nesta perspectiva, a hipótese de Berger, segundo a qual a propaganda dirigida à classe operária acarreta o mito de Cinderela, é correta: muitas vezes ela oferece uma versão capitalista tardia da transformação pessoal descrita na história de Cinderela. No entanto, muitos anúncios dirigidos à classe média também oferecem prestígio aos leitores através do consumo.

Por outro lado, se nós *não* possuímos um certo objeto de prestígio, os amigos e vizinhos terão sobre nós uma opinião menos respeitável. Certos anúncios jogam deliberadamente com o medo dos arrivistas da classe trabalhadora de se verem desmascarados, oferecendo os atributos para a criação de um verniz pretensioso sobre sua identidade originalmente não-prestigiosa.

Essa estratégia é ilustrada por um anúncio de Nairn Cushionflor, cujo texto começa assim:

> Você ficaria admirada se soubesse o que suas amigas pensam de você todas as vezes que entram no seu banheiro. Basta darem uma olhada no piso. O revestimento escolhido por você diz muito sobre o tipo de pessoa que você é.
>
> (*Woman*, outubro de 1977)

Certo anúncio de uma marca de charutos, veiculado na *Mayfair*, além de fazer trocadilhos sobre um toque de classe, aconselha recorrer ao renome alheio, para o que oferece o nome de sua própria marca.

A finalidade do conselho é apelar para a insegurança social de todos os arrivistas da classe trabalhadora, já que "fazer nome" é uma necessidade típica para quem não se sente aceito como igual e quer criar uma impressão que não corresponde ao seu verdadeiro ser. Finalmente, há o anúncio de um rádio para automóvel que ilustra uma terceira variação do mesmo tema:

> Todo o mundo está mudando do rádio para o puro estéreo; mas, com tantos para escolher, o problema é: qual?
>
> (*Titbits*, julho de 1977)

Embora seja bem típico dos anúncios dirigidos à classe trabalhadora, este exemplo explora uma característica geral da sociedade de consumo: a importância de fazer o que todos fazem, ou seja, a importância de se manter à altura de todo o mundo.

CAPÍTULO 5
A PROPAGANDA COMO
ESPELHO PSICOLÓGICO

INTRODUÇÃO

A maioria das pessoas concordará que muitos anúncios, tomados individualmente, funcionam ao nível do devaneio. Mostrando gente incrivelmente feliz e fascinante, cujo êxito em termos de carreira ou de sexo – ou ambos – é óbvio, a propaganda constrói um universo imaginário em que o leitor consegue materializar os desejos insatisfeitos da sua vida diária. Um anúncio de uma revista de ficção científica é extraordinariamente explícito a este respeito. Além do valor de uso direto da revista, promete-se ao leitor o acesso a um universo maravilhoso por intermédio dela – acesso a outros mundos e épocas misteriosas, excitantes, ao reino da imaginação. Ao analisar a propaganda, por conseguinte, é irracional esperar que os leitores decifrem os anúncios como expressão factual da realidade. Na sua maioria, são muito pobres de conteúdo informativo e demasiado ricos em sugestões emotivas para serem lidos de forma literal. Se isso acontecer, as pessoas compreenderão o seu erro quando as fascinantes promessas neles contidas não se concretizarem.

Figura 28 Estivalia
Cosmopolitan, julho de 1977

estivalia
para os que acreditam em sonhos

estivalia: nova e encantadora fragrância. Agora à venda no Reino Unido nas melhores perfumarias. Eau de toilette, eau de toilette spray e atomizador, desodorante spray, leite de beleza, sabonete.

É com referência a esse problema da credibilidade da propaganda (ou "publicidade", como ele diz) que Berger fala do devaneio como o conceito que nos possibilita compreender a reação do leitor à propaganda:

> Não existiria o fascínio se a inveja social dos seres humanos não fosse uma emoção comum e generalizada. A sociedade industrial, que se deslocava para a democracia, parando depois no meio do caminho, é a ideal para gerar essa emoção. A busca da felicidade pessoal foi reconhecida como um direito universal. No entanto, nas condições sociais reinantes, o indivíduo sente-se impotente. Vive numa contradição entre o que é e o que gostaria de ser. Então, ou ele adquire perfeita consciência dessa contradição e de suas causas, passando assim a participar da luta política por uma democracia plena, o que implica, entre outras coisas, a derrocada do capitalismo, ou vive constantemente escravo de uma inveja que, em combinação com o sentido de impotência, se dissolve em sucessivos devaneios.
>
> Isso permite compreender por que a publicidade continua a merecer crédito. A lacuna entre o que a publicidade realmente oferece e o futuro que promete corresponde à lacuna entre o que o espectador-comprador sente que é e o que ele gostaria de ser. As duas lacunas se resumem a uma, que, em vez de ser preenchida pela ação ou pela experiência vivida, é preenchida por devaneios fascinantes.
>
> (Berger, 1972:148)

O consumidor médio não se surpreende pelo fato de o produto não cumprir a promessa do anúncio, pois a vida o acostumou a isso: a busca da felicidade pessoal e do sucesso é normalmente uma busca vã. Mas é preciso alimentar a fantasia: no seu mundo onírico, ele se deleita com um "futuro continuamente adiado" (Berger, 1972:146).

O anúncio de Estivalia (fig. 28) ilustra muito bem o fato de que a propaganda não nos mostra a realidade, mas a fantasia, e o faz admitindo abertamente o devaneio, embora de tal forma que insiste na existência de uma ponte ligando o sonho à realidade – Estivalia –, que existe "para os que acreditam em sonhos", aqueles que se recusam a abandonar a tentativa de transformar em realidade o nebuloso ideal da beleza e da harmonia naturais.

Se a propaganda funciona ao nível do devaneio, torna-se claramente inadequado condená-la simplesmente por canalizar a atenção e os desejos dos leitores para uma terra-de-ninguém paradisíaca e quimérica. Sem dúvida a propaganda faz isso, mas, para que as pessoas o considerem pertinente, a utopia apresentada nos anúncios deve estar ligada à realidade circundante por uma conexão causal.

Ao compensar a monotonia da vida cotidiana pelo emprego de fantasias, a propaganda comprova inevitavelmente a monotonia da vida cotidiana. Ao mostrar as pessoas tal como elas podem vir a ser, os anúncios só fazem mostrar, por implicação, o que elas não são presentemente. Ou, para levar mais longe a argumentação, se a propaganda retrata pessoas belas, felizes, socialmente seguras e bem-sucedidas, não se segue que elas se consideram, no subconsciente, feias, infelizes, isoladas e frustradas?

Convidando-nos a entrar no seu paraíso imaginário, a propaganda se torna assim um espelho mágico, no qual uma interpretação mais sutil nos permite discernir os contornos do generalizado descontentamento popular com a vida cotidiana e com as oportunidades que nos proporciona a sociedade em que vivemos. Portanto, a propaganda se fundamenta no desejo subconsciente de um mundo melhor.

Mais adiante (cf. pp. 207-14 e capítulo 6), voltaremos às formas que a propaganda usa para distrair a atenção dos leitores da necessidade de reformas radicais na estrutura socioeconômica, colocando-nos, pelo contrário, antolhos que nos obrigam a focalizar seu interesse capital: o consumo individualista.

MEDINDO A TEMPERATURA IDEOLÓGICA

Antes de prosseguir o estudo dos elementos utópicos da propaganda, devemos falar um pouco sobre a finalidade dessa análise. Todos os meios de comunicação de massa dependem da cooperação dos leitores para ter êxito: com a simples aquisição de uma revista desempenhamos um papel ativo na comunicação de massa, dirigindo para aquele veículo as necessidades individuais criadas em nós pela sociedade. O processo de "leitura", em si, requer energia e esforço de interpretação – pensemos, por exemplo, nos jogos de palavras, às vezes tão difíceis de decifrar. Por que alguém haveria de se aborrecer se nada ganhasse com isso, se alguma coisa do significado transmitido não correspondesse às atitudes, esperanças e sonhos de quem lê as mensagens?

Assim, o conteúdo dos meios de comunicação de massa pode ser considerado como uma celebração de experiências comuns, de sonhos e esperanças socialmente compartilhados, que tal celebração ratifica nos leitores. As mensagens dos meios de comunicação não são apenas uma questão da indústria da consciência dirigindo-se a milhões de indivíduos isolados; ao contrário, tal como as mensagens televisivas descritas por Fiske e Hartley, em geral elas são decodificadas.

Segundo códigos e convenções individualmente aprendidos mas culturalmente gerados, os quais, evidentemente, impõem limitações similares de percepção aos codificadores das mensagens. Parece, portanto, que a televisão [e outros meios de comunicação, acrescentamos] funciona como um rito social que anula as distinções individuais em que a nossa cultura se empenha, a fim de se comunicar com o eu coletivo.

(Fiske e Hartley, 1978:85)

Para os meios francamente comerciais, como a propaganda, é de todo essencial estar em contato com a consciência do leitor, primeiro para captar a sua atenção e, segundo, para predispô-lo a favor do produto anunciado. Por isso os anunciantes têm de agradar aos leitores e jamais perturbá-los ou ofendê-los – e, já que a publicidade tem essa obrigação de refletir as atitudes, esperanças e sonhos dos leitores o mais fielmente possível, podemos de certo modo penetrar em sua consciência, em sua forma de pensar, em sua ideologia, analisando as estruturas de significado dos anúncios. Pela análise da publicidade é possível medir a temperatura da ideologia popular: por exemplo, um anúncio de dois tipos de comida chinesa enlatada comprova como está generalizado o racismo na Grã-Bretanha. Garantindo aos compradores em potencial: "Aqui estão dois orientais que você gostará de convidar para jantar várias vezes" (*Woman*, agosto de 1977), o texto permite inferir (cf. pp. 34 ss.) que normalmente os orientais não são bem-vindos à nossa mesa e, ao tratar essa atitude preconceituosa como a coisa mais natural, contribui para legitimá-la.

Por outro lado, a propaganda precisa igualmente incorporar movimentos de descontentamento social capazes de ameaçar a liberdade de ação do setor e, em última análise, até mesmo os princípios básicos do sistema econômico. Por exemplo, quando as preocupações do povo em geral com a poluição alcançam certo nível de urgência, a propaganda tem de incorporar o interesse popular, seja para demonstrar sua sensibilidade aos anseios do consumidor, seja para acalmar as opiniões, concordando em termos vagos que alguma coisa precisa ser feita. Essa sensibilidade da boca para fora é bem ilustrada pelo anúncio de um absorvente que assegura às leitoras que "tanto o tampão como o aplicador que o contém são laváveis e biodegradáveis. Isso é bom do ponto de vista ecológico" (*Cosmopolitan*, julho de 1977).

Esta noção de medir a temperatura ideológica do momento talvez pareça uma forma desnecessariamente indireta de aquisição de conhecimento sobre as atitudes sociais dominantes – por que não perguntar simplesmente às pessoas em que é que elas acreditam, quais são os seus ideais e esperanças? A resposta é que as pessoas nem sempre têm acesso às suas atitudes e crenças mais profundas – de fato, pode-se dizer que a ideologia de uma pessoa equivale aos valores que ela assume numa situação de comunicação, valores que de tal modo falam por si que nem sequer precisam ser expressos (cf. o capítulo 6). Por isso a versão mais coerente e acessível do universo ideológico popular encontra-se nas mensagens textuais que o povo consome regularmente, porque sente prazer nelas.

A expressão "temperatura ideológica" deve ser encarada como uma abstração – na verdade, o paralelismo com a fisiologia humana implica que a ideologia, tal como a temperatura corporal, nunca é estática, mas muda constantemente, num processo cultural complexo. Essa descrição, no entanto, como qualquer descrição de um complexo ideológico, pressupõe que a ideologia pode fixar-se num instante momentâneo de repouso.

Esse instante de repouso se acha efetivamente presente, em termos potenciais, nas mensagens publicitárias. Na constante ambição de poder controlar o futuro a fim de planejar o fluxo da produção e da venda dos produtos, a propaganda sempre procura resguardar as fórmulas e os valores estáveis e consagrados pelo tempo, bem como a situação vigente contra novas práticas e atitudes. Quando irrompem novos sentimentos, apesar da propaganda e de outros elementos conservadores, o setor logo se ajusta. Por exemplo, houve uma alteração palpável na forma como a publicidade apresenta o papel dos sexos, alteração no sentido de maior igualdade, a qual não foi iniciada pelo setor publicitário, que tudo faz para desviá-la e detê-la (cf. o anúncio de Cabriole, fig. 39).

A UTOPIA DA JUVENTUDE E DO LAZER

No início deste capítulo, deixamos claro que a propaganda, na verdade, não reflete simplesmente o mundo real como nós o vivenciamos: o mundo da publicidade funciona ao nível do devaneio, o que implica uma insatisfação com o mundo real expressa por meio de representações imaginárias do futuro tal como ele poderia ser: uma Utopia.

A ênfase, já estabelecida em vários estudos, dada na publicidade à relação juventude x idade madura, lazer x trabalho, beleza x feiúra, e assim por diante, não deve ser interpretada como uma exposição leal sobre o mundo do dia-a-dia, mas como uma representação simbólica da estima social dispensada aos jovens, às pessoas livres e bonitas, e como uma aspiração das pessoas quanto ao seu próprio futuro.

Assim interpretada, a propaganda reflete valores e atitudes sociais generalizados sobre os meios e os fins das atividades humanas. É o que dizem Fiske e Hartley na sucinta descrição das mensagens simbólicas das séries de televisão: "O mundo da TV é claramente diferente do mundo real, da sociedade, mas também, de certo modo, claramente relacionado com ele. Seria o caso de definir essa relação dizendo que a televisão não representa a realidade manifesta de nossa sociedade, mas antes reflete, simbolicamente, a estrutura dos valores e das relações que existe por sob a superfície" (Fiske e Hartley, 1978:24).

Desse modo, a ênfase dada aos jovens não deve ser encarada como distorção de um fato social, mas como um indicador da pouca consideração que a nossa cultura tem pela velhice. Nossa sociedade, baseada na ética do trabalho e no desenvolvimento rápido, atribui tanta importância à eficiência e à flexibilidade que já não se aceitam pessoas acima de 40-45 anos em muitas funções: a experiência que adquiriram ao longo de uma vida de trabalho há muito que se tornou obsoleta. No entanto, a aparente necessidade de juventude e de força que se deduz da propaganda, analisada num nível mais profundo, pode ser interpretada como o anseio de uma sociedade que tenha maior estima pela velhice.

Da mesma forma, a alta proporção de situações de lazer comprovará não o repúdio ao trabalho em si, mas uma antipatia pelo trabalho tal como ele é explorado, sistematizado e monotonizado pelo capitalismo industrial contemporâneo: contra a situação absurda na qual quem não tem emprego se sente insignificante, enquanto os afortunados que têm emprego raras vezes esperam ou procuram a significação de seu trabalho. A aparente necessidade de lazer e evasão do trabalho, portanto, provavelmente pode ser interpretada como uma necessidade subconsciente de trabalho significativo em si mesmo.

No entanto, esses elementos potencialmente subversivos permanecem latentes no universo da propaganda, porque estão sempre embutidos em estruturas de significado que continuam leais ao sistema socioeconômico vigente. Vista nesse contexto, a promessa de um anúncio de férias segundo a qual "você é *livre* para se *divertir*" (*Sunday Times Magazine*, julho de 1977) vale como sintoma de uma vida de trabalho cuja coerção e servidão nada se pode fazer para mudar – pode-se apenas se evadir durante as férias, uma ou duas vezes por ano. Embora incorpore tendências vagamente subversivas, a propaganda, dessa forma, funciona basicamente como salvaguarda contra a mudança social, ao disseminar o que se chama de "-regras do jogo" – as normas e os tipos de comportamento apontados como naturais e invioláveis para todos os que desejam levar uma vida normal. O fascínio de muitos anúncios resulta da promessa de uma transcendência temporária das normas (ver o anúncio do MG, fig. 33), o que ainda chama mais a atenção para elas, que são de tal modo fundamentais a ponto de só permitir um alívio passageiro. São essas regras de vida, aparentemente naturais e inevitáveis, que nós designamos por "ideológicas". Antes de aprofundar a sua análise (cf. o capítulo 6), vamos focalizar mais de perto alguns anúncios em que as frustrações da vida contemporânea aparecem como problemas que podem ser resolvidos pelos produtos ou serviços oferecidos pelos anunciantes.

A PROPAGANDA COMO DIAGNÓSTICO SOCIOPSICOLÓGICO

Solidão

O primeiro anúncio de que trataremos nesta seção representa um sintoma das privações da vida urbana (ver fig. 29, extraída de *She*, agosto de 1977, e outro quase igual em *May-*

Figura 29 Singles Society
She, agosto de 1977

SOLTEIROS

É muito mais divertido ser solteiro acompanhado!

Se você é solteiro e descomprometido, na certa se sente independente e livre. Mas, às vezes, um pouco solitário e "por fora". De qualquer maneira, podemos ajudá-lo a aproveitar o melhor da vida de solteiro. Há mais de dez anos pesquisamos as necessidades das pessoas solteiras e hoje podemos dizer com convicção: "Somos especialistas no assunto." Pelo menos um dos serviços que oferecemos convém a você.
Férias para Solteiros...
Exclusivamente para solteiros. Sabemos que as pessoas que você encontra nas férias é que alegram o ambiente e o tornam bem mais interessante. Um verão escaldante, um outono ameno, um inverno com esqui, uma primavera restauradora: não apenas proporcionamos os melhores locais, como asseguramos que você viajará com pessoas solteiras da mesma mentalidade que a sua.
"Escapadas" de Fim de Semana para Solteiros...
Organizamos fins de semana no campo para você fugir do *stress* acumulado nos dias de trabalho. Junte-se a nosso grupo de amigos solteiros, relaxe, conheça pessoas – talvez você faça uma amizade duradoura.
Bares para Solteiros...
Temos o melhor barzinho de solteiros de Londres: Tiles Wine Bar, 36, Buckingham Place Road, SW1. Lá você encontra interessantes shows ao vivo. Aberto todas as tardes, com drinks e música para dançar. Junte-se a nós.
Revista para Solteiros...
A única publicação mensal no gênero. Jornalistas de alto nível escrevem artigos francos sobre temas que interessam particularmente aos solteiros. Muita informação a respeito do que fazer em qualquer ponto do país. Seção do leitor, para aqueles que desejarem tomar a iniciativa de encontrar pessoas. Procure em sua banca. Preço: 30 pence.
Singles Society...
Mesmo que você esteja levando uma boa vida social no momento, a Singles Society irá lhe proporcionar a oportunidade de melhorá-la e torná-la mais rica em acontecimentos. Ao entrar para a Singles Society, um de nossos representantes locais (nós os temos em quase todas as partes do país) vai apresentá-lo ao grupo, convidando-o para os diversos eventos organizados, desde festinhas "queijo & vinho" até passeios, jantares, bailes, etc. Como brinde, receberá uma assinatura anual GRÁTIS da revista, uma carteira de sócio que lhe dará descontos especiais nos programas de férias e fins de semana, bem como em outros bens e serviços. Venha para a Singles Society e aproveite o melhor da vida!
Registros...
O melhor e mais eficaz serviço de contatos por computador. Utilizamos o computador porque sabemos que ele é o meio mais discreto e confidencial de encontrar o parceiro que você está procurando. Atualmente, são mais de 80.000 inscrições na Inglaterra! Deixe que nossos serviços encontrem aquela pessoa especial que você sempre quis conhecer!

APROVEITE O MELHOR DA VIDA DE SOLTEIRO. JUNTE-SE A NÓS AGORA.

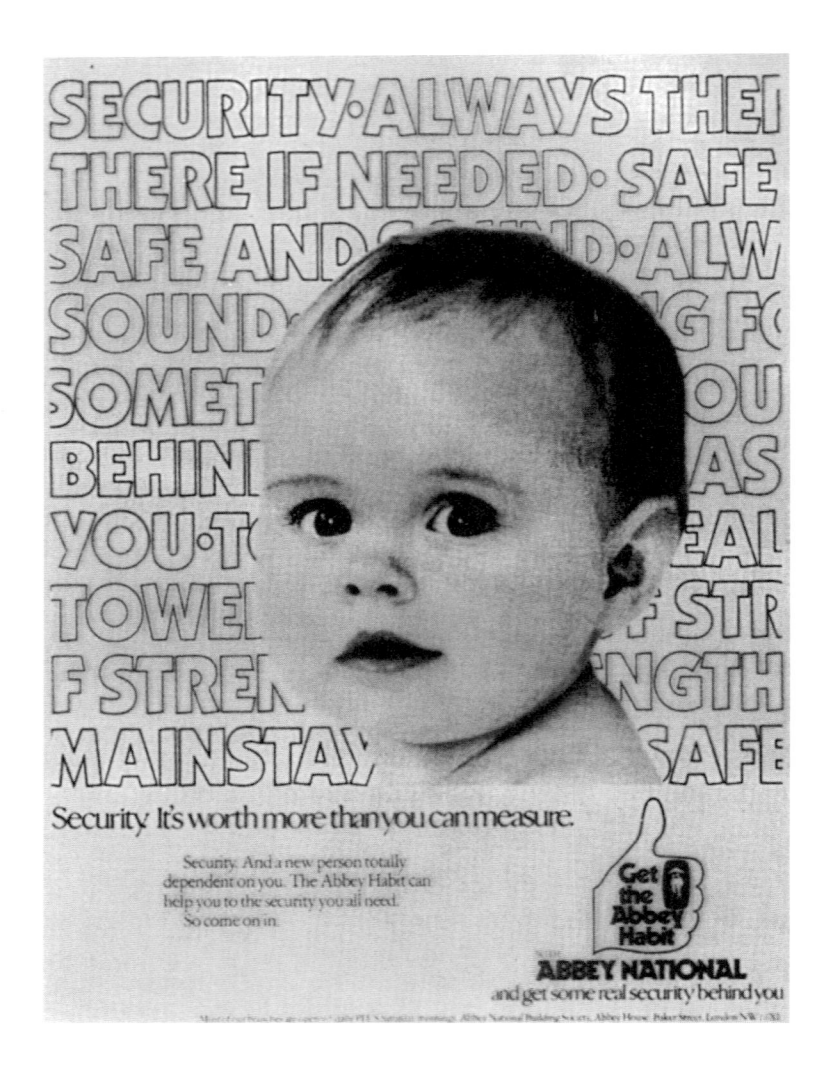

Figura 30 Abbey National
Woman, outubro de 1977

SEGURANÇA • SEMPRE PRESENTE ONDE FOR NECESSÁRIO • ALGO ATRÁS DE VOCÊ • FORTALEZA • VIGA MESTRA • A SALVO •

Segurança. Ela vale mais do que você calcula.

Segurança. Uma nova pessoa totalmente dependente de você. A Abbey Habit pode ajudá-lo a obter a segurança de que todos precisam.
Venha.

**Adquira o Abbey Habit
ABBEY NATIONAL**
e fique realmente seguro

fair, outubro de 1977). Esse anúncio oferece sua solução de emergência para a generalizada solidão dos jovens sob a forma de um apetecível paraíso de alegria e realização.

Dirigindo-se a quem é "solteiro e descomprometido", que tem sentimentos ambivalentes a respeito de ser ao mesmo tempo "independente e livre" e "às vezes um pouco solitário e 'por fora' ", a Singles Society promete "ajudá-lo a aproveitar o melhor da vida de solteiro". Embora os serviços oferecidos pela Singles Society possam ser inestimáveis para quem está desesperadamente só, sua própria existência constitui a prova de uma crítica implícita a uma sociedade incapaz de propiciar modelos significativos de interação interpessoal e que não conseguiu produzir unidades sociais que, por assim dizer, satisfaçam automaticamente, de forma autêntica e íntima, à necessidade humana de companhia e diversão. Conforme as palavras de outro anúncio (*Cosmopolitan*, julho de 1977): "Nesta época de moderna tecnologia e comunicação de massas, as pessoas se sentem realmente sozinhas. Mas fazer novos amigos talvez seja muito difícil, pois as pessoas viajam e mudam de casa com maior freqüência."

Antigamente as pessoas faziam parte integrante de um organismo social, vivendo a vida inteira apoiadas pela estrutura gregária de uma pequena comunidade, caracterizada pela ajuda mútua e pelo contato com a família, amigos, vizinhos, comerciantes do lugar e assim por diante. Podiam ser membros de clubes e associações que se organizavam em torno de certas atividades primárias, como esportes e negócios comuns e, como epifenômeno, surgiam as atividades sociais secundárias. Não sentiam a necessidade de aglutinação, porque já pertenciam a uma comunidade. Em certos casos, podia achar-se a estrutura social exasperadamente restritiva, mas jamais alguém se sentiu só e, ademais, ocupar uma posição fixa numa hierarquia social estática proporcionava segurança, mesmo que essa posição fosse baixa[1].

A mobilidade social e geográfica da sociedade contemporânea não dá segurança nenhuma, em parte porque à riqueza material e à expressão do tempo livre não se seguem maiores responsabilidades e limites, em parte porque a maioria tende a fracassar na tentativa de arquitetar o seu futuro.

Quando à mobilidade geográfica de grande número de migrantes, em busca de trabalho ou de ensino, se soma uma hierarquia social mais dinâmica, a resultante é uma população urbana anônima, sem identidade estável, privada de relações pessoais estreitas e duradouras com outrem, cada vez mais dependente do auxílio de especialistas que procuram preencher as funções anteriormente exercidas pelas estruturas sociais que se desintegraram. Essa sensação de constituir uma ilha solitária no meio do oceano social é habilmente explorada por uma campanha de novos sócios de uma Associação Automobilística que, além da vantagem objetiva do serviço grátis de pronto-socorro mecânico, se propõe satisfazer a necessidades sociais mais intangíveis dos prováveis membros, porque "é gostoso a gente sentir que é de casa" (*She*, agosto de 1977).

Pode-se considerar o anúncio da Singles Society como parte da tendência geral de nossa sociedade no sentido de que empresas comerciais "especializadas" assumam todos os gêneros de atividades culturais que antigamente dependiam da iniciativa e da imaginação de cada pessoa. Assim como podemos

▼
1. O padrão social aqui delineado parece ter prevalecido em tradicionais comunidades operárias e rurais (cf. Frankenberg, 1963; Young e Willmott, 1962). Até certo ponto, ela ainda sobrevive em raras e escolhidas comunidades operárias (cf. Milroy, 1980).

comprar um alimento pré-cozido e congelado, do qual desconhecemos a maior parte dos ingredientes, em vez de juntar e cozinhar os ingredientes por nós adquiridos (ou cultivados), também podemos ser membros de uma organização de âmbito nacional completa, com *regional organizers* ("organizadores regionais"), *breakaway weekends* (" 'escapadas' de fim de semana"), etc., em vez de planejarmos nossas próprias reuniões de queijo e vinho ou piqueniques com gente conhecida e amiga.

O que testemunhamos neste anúncio é uma sociedade urbana cada vez mais alienada, onde as grandes organizações empresariais lucram diretamente com a necessidade de companhia de pessoas solitárias, incorporando-as a uma dada cadeia de estações de férias, bares e outros lugares de diversão; sociedade onde se tornou obrigatório planejar laboriosamente reuniões sociais descontraídas para pessoas que apenas desejam ter alguém com quem falar – muito embora a ilustração do anúncio, que nos mostra cinco casais esfuziantes, dê a entender que as pessoas também terão, talvez, a possibilidade de relações mais permanentes. E, já que a agência matrimonial Dateline está associada à Singles Society, não parece muito improvável que, ao se tornar membro, você encontre "aquela pessoa especial que você sempre quis conhecer".

A Singles Society, ao prometer uma solução aqui-e-agora, reduz a seriedade do problema da estrutura social: efetivamente, isso não constitui problema, pois basta preencher o cupom para conhecer "pessoas solteiras da mesma mentalidade que a sua". Essa estrutura artificial é uma organização estranha da vida social, que não soluciona o problema básico da criação de formas de existências que possibilitem às próprias pessoas tomar parte no planejamento de suas atividades no trabalho e fora dele. Pelo contrário, aderir à Singles Society é apresentado como o que há de evidente e natural a fazer. Como observa Williamson (1978:14), "a necessidade de relacionamento e de sentido humano usurpada pela propaganda é tal que, se não fosse desviada, transformaria por completo a sociedade em que vivemos".

Insegurança

Outro exemplo do colapso do sistema social nos é dado pelo anúncio da empresa construtora Abbey National (fig. 30). Nesse caso, a atenção do leitor não se fixa na solidão de quem é solteiro, mas na insegurança da família jovem. O anúncio dirige-se ao senso de responsabilidade e à necessidade de segurança dos jovens pais: "Segurança. Uma nova pessoa totalmente dependente de você. A Abbey Habit pode ajudá-lo a obter a segurança de que todos precisam." Para produzir efeito, o texto se apóia num enigma verbal que o leitor tem que decifrar, fazendo um esforço para extrair o sentido das palavras parcialmente ocultas por trás do olhar inocente e súplice do bebê.

Não é possível reconstruir completamente o texto, que é singularíssimo: as palavras aparentemente truncadas pelo corte da página ou pela cabeça do bebê devem ter sido colocadas depois da implantação da cabeça, já que os termos ilegíveis são repetidos nas linhas seguintes, a fim de possibilitar pelo menos um mínimo de compreensão. As palavras-chaves e as frases podem aplicar-se simultaneamente à relação entre os pais e o filho e à relação que a Abbey National quer estabelecer entre ela própria e os pais:

"SEGURANÇA. SEMPRE PRESENTE ONDE FOR NECESSÁRIO. ALGO ATRÁS DE VOCÊ. FORTALEZA. VIGA MESTRA. A SALVO."

Dessa forma, a Abbey National procura vincular o leitor à empresa construtora explorando toda a pureza, ternura e dependência que a figura do bebê evoca. Claro, o anúncio só terá sentido se os serviços que oferece puderem compensar os valores vitais que faltam ao leitor: segurança, apoio, carinho e assim por diante, isto é, valores que as comunidades estreitamente entrelaçadas de outros tempos propiciavam mutuamente de forma quase automática. Portanto, o anúncio vai atingir principalmente as pessoas que se sentem desamparadas, à mercê de forças sociais que não compreendem nem dominam.

Tensão

No anúncio da Espuma para Banho Pears (fig. 31), a premissa básica é uma vida agitada. Graças à espuma Pears, você pode fazer o tempo ser "inteiramente para você"; "deixe-se suavizar", deixe que as tensões desapareçam, faça o mundo parecer "um lugar muito melhor". Tudo isso pressupõe que o mundo *não é* um lugar bom, que o relógio nos domina, que vivemos aborrecidos e tensos. No entanto, somos solicitados a aceitar esses fenômenos, ou melhor, o anúncio não sugere sequer a possibilidade de modificá-los. As tensões da vida moderna, porém, ficam mais fáceis de suportar se existe a Pears para aliviar-nos de vez em quando — especialmente porque a Pears leva em conta que o nosso humor pode variar, colocando nada menos que três variantes de espuma de banho à nossa disposição: quando você escolhe "a fragrância apropriada ao seu estado de espírito", os humores podem abranger Ervas do Campo, Âmbar Original e Fragrância de Limão!

Certo anúncio de um analgésico (*McCalls*, abril de 1982)[2] apresenta uma mulher de trinta para quarenta anos em sua sala de tipo executivo. A mesa está cheia de pastas, papéis e notas, uma xícara de café, uma maçã e um copo de iogurte pela metade. A ansiosa expressão facial da mulher e a mão na altura das têmporas logo nos dizem que ela está sob imensa tensão, equilibrando-se entre a corda bamba de um emprego de grande responsabilidade e a dedicação à família (representada em fotos penduradas na parede, atrás dela): "A vida parece mais difícil quando estamos criando uma família e trabalhando. Às vezes a pressão produz uma tremenda dor de cabeça."

Esse anúncio aborda a situação de mulheres que aceitam as obrigações do trabalho assalariado fora do lar sem reduzir suficientemente o peso dos deveres domésticos (cf. pp. 118-21). Ao recomendar às mulheres que confiem no "analgésico extra-forte" que pode ajudar na solução do problema, o anúncio oferece uma saída que remove um sintoma, mas não chama a atenção para os fatores que são em última análise responsáveis pela tensão psíquica, como a relutância do marido em assumir sua parte no governo da casa e na criação da família.

A solução alívio-do-sintoma também pode ser encontrada num anúncio de Yeast-Vite em que o problema é o barulho: "Há uma coisa com a qual todos nós temos que viver – o ba-

▼

2. Infelizmente, não conseguimos autorização para reproduzir o anúncio a que nos referimos.

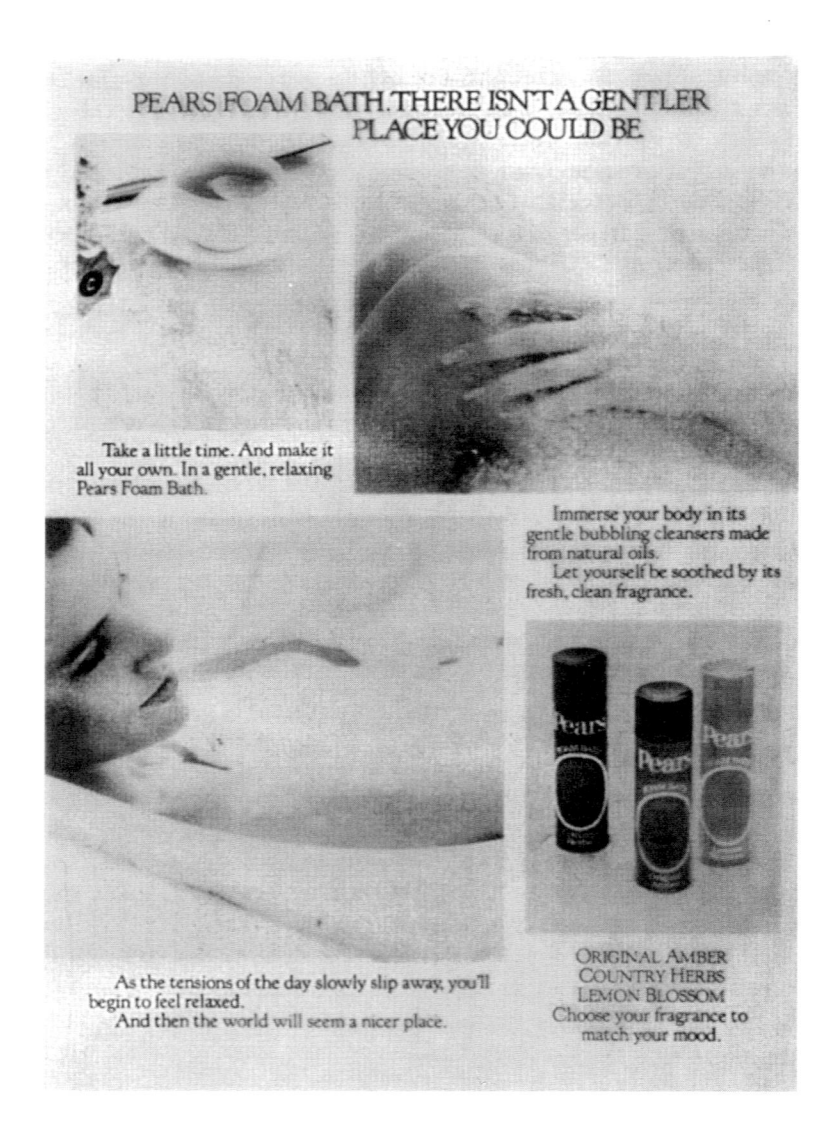

PEARS FOAM BATH. THERE ISN'T A GENTLER PLACE YOU COULD BE

Take a little time. And make it all your own. In a gentle, relaxing Pears Foam Bath.

Immerse your body in its gentle bubbling cleansers made from natural oils.
Let yourself be soothed by its fresh, clean fragrance.

As the tensions of the day slowly slip away, you'll begin to feel relaxed.
And then the world will seem a nicer place.

ORIGINAL AMBER
COUNTRY HERBS
LEMON BLOSSOM
Choose your fragrance to match your mood.

Figura 31 Pears
Woman, agosto de 1977

ESPUMA PARA BANHO PEARS. NÃO HÁ LUGAR MAIS SUAVE PARA VOCÊ FICAR.

Reserve um tempinho inteiramente para você. Num banho suave e relaxante, com a espuma para banho Pears.

Mergulhe o corpo em sua espuma macia e purificante, feita com óleos naturais. Deixe-se suavizar na sua fragrância fresca e pura.

Enquanto as tensões do dia vão lentamente desaparecendo, você começa a se sentir mais e mais descontraída.
E então o mundo parecerá um lugar muito melhor.

ÂMBAR ORIGINAL
ERVAS DO CAMPO
FRAGRÂNCIA DE LIMÃO
Escolha a fragrância que combina com seu estado de espírito.

rulho." Embora as mulheres, freqüentemente, "sintam aquela vaga sensação de opressão" decorrente da exposição ao barulho, nada podem fazer para se verem livres dele: "Hoje em dia o ritmo da vida parece incluir um barulho inevitável e quase interminável." Se a leitora atribuir o problema barulho-dor de cabeça a um agitado estilo de vida urbano, gentilmente lhe é recordado que o barulho é um problema universal e quase natural: "Hoje, até os felizardos que vivem no interior têm que agüentar o barulho dos tratores!" Felizmente há uma saída: "Ao primeiro sinal de dor... tome o seu Yeast-Vite."

Os três anúncios aqui analisados, a exemplo de tantos outros, servem como indicadores de que as atuais condições de vida são consideradas difíceis, esgotantes. O produto, seja analgésico ou espuma de banho, funciona como uma espécie de sedativo.

Falta de confiança na produção capitalista

Os casos a seguir só poderiam ser considerados como formas de persuasão eficazes se houvesse um amplo descontentamento com certos aspectos da produção capitalista entre os consumidores, digamos, com o *motivo do lucro*. Todos os capitalistas e, provavelmente, a maioria dos consumidores aceitam a necessidade de uma certa margem de lucro para manter os investidores interessados na aplicação e o carro em movimento. Nenhum industrial, porém, gosta de ser associado à imagem do "capitalista ganancioso" e, por isso, muitos anúncios se esforçam para criar uma distância entre lucro e objetivos supostamente mais rejeitáveis, como qualidade, bem comum e coisas assim. A criação de uma imagem quase caridosa é a única finalidade da chamada publicidade de prestígio ou de boa vontade (cf. pp. 1-3), mas vêem-se também anúncios de vendas que revelam que o limiar entre lucros lícitos e abusivos é baixo na consciência do consumidor.

Vejamos o exemplo da Stella Artois. Em primeiro lugar, esse anúncio persuade pela lisonja: a prosperidade e distinção do cliente são tais que ele "não aceitaria menos" do que a qualidade de Stella Artois. Mas o que é mais importante, quanto a isso, é que o anúncio também persuade ao descrever como atípicos os objetivos da cervejaria: "Nós destilamos Stella Artois como se o dinheiro não fosse o objetivo." Mediante a locução "como se", a frase quer evidentemente dizer que o objetivo é o dinheiro, embora não seja o objetivo final; portanto, a frase apóia a imagem de qualidade da fábrica de cerveja dissociando o processo de destilação de uma preocupação tão indigna como ganhar dinheiro: quanto mais uma empresa é arrastada pelo motivo do lucro, tanto mais ela competirá por reduções de preços e a qualidade dos produtos cairá devido às matérias-primas baratas e à aceleração da produção. Esse anúncio só tem sentido se o consumidor pensa que a lucratividade e a qualidade unilaterais são incompatíveis.

De modo semelhante, muitos anúncios comprovam o fato de que produção em massa e qualidade são consideradas, em geral, incompatíveis. É provável que ninguém sustente que tal incompatibilidade seja absoluta, mas as estratégias verbais e visuais dos anúncios a seguir estabelecem, indubitavelmente, a falta de confiança na produção em massa sob sua forma atual.

Por exemplo, um anúncio de Frye Boots (*Penthouse*, setembro de 1980) faz um julgamento bastante severo sobre o resto da indústria capitalista, se considerarmos as implicações desta parte do texto: "Nossas botas masculinas são produto

Can you tell cheese from real cheese?

Cheese can be made almost anywhere. But real cheese has to be made on the farm. And happily it still is.

On a handful of farms in Somerset, in the rolling pastures of Cheshire and in the dales of Lancashire, we make real cheese. From the milk of our own local herds. Using the skills and recipes handed down over generations. So real cheese is Farmhouse cheese. Cheese with a real taste, rich and flavoursome.

And that's the important difference.

How can you find it? Look for our jealously guarded Farmhouse English cheese mark on pre-packed or hand cut cheese. Your guarantee of real Cheddar, Cheshire, Lancashire & Blue Cheshire. Made right there on the farm.

**Real cheese made on the farm.
By the men who produce the milk.**

Figura 32 Farmhouse Cheese
Woman, outubro de 1977

Você é capaz de distinguir queijo de queijo verdadeiro?

O queijo pode ser fabricado em qualquer parte. Mas o <u>verdadeiro</u> queijo só pode ser feito na fazenda. E felizmente isso ainda acontece.

Em várias fazendas de Somerset, nas pastagens ondeantes de Cheshire e nos vales de Lancashire, nós fabricamos queijos verdadeiros.

<small>O queijo verdadeiro provém de fazendas como a Mulberry, West Pennard.</small>

<small>Feito com leite de vaca de rebanhos locais, como as holandesas de John Green.</small>

<small>Farmhouse é fabricado por métodos tradicionais.</small>

Com o leite de nossos próprios rebanhos. Utilizando métodos e receitas transmitidos através de gerações. Por isso, o <u>verdadeiro</u> queijo é Farmhouse. Queijo com <u>verdadeiro</u> sabor, rico e com aroma. Essa é a principal diferença.

<u>Como não ser enganado?</u> Fique de olho na marca Farmhouse English, ciosamente protegida, na compra do produto embalado ou a peso. É a sua garantia de adquirir o verdadeiro Cheddar, Cheshire, Lancashire e Blue Cheshire. Feito ali mesmo na fazenda.

**Queijo verdadeiro, feito na fazenda.
Por quem também produz o leite.**

artesanal de mãos competentes. Não saem às pencas da linha de montagem. [...] Temos orgulho da atenção pessoal que dedicamos aos detalhes. De fato, na Frye o orgulho pessoal do produto acabado é a regra, e não a exceção." Para os anunciantes parece haver duas formas de contra-atacar a desconfiança popular na produção em massa. Se houver a mínima oportunidade de afirmar que a mercadoria não é realmente produzida em massa, essa é a melhor estratégia. Além do exemplo das Frye Boots, temos o Farmhouse Cheese (fig. 32), que explora o descontentamento do consumidor fazendo a idílica descrição de uma manufatura de pequena escala: este queijo "provém de fazendas como a Mulberry, West Pennard. (...) Usando métodos e receitas transmitidos através de gerações". Contudo, em meio às nostálgicas imagens das "pastagens ondeantes de Cheshire" e das vacas de "rebanhos locais, como as holandesas de John Green", não se pode deixar de perguntar se o queijo também foi pré-embalado "ali mesmo na fazenda". Outros exemplos da estratégia de autêntico artesanato podem ser encontrados em frases como "mobília... cuidadosamente feita em nossa marcenaria familiar em Cotswolds" (*Sunday Times Magazine*, julho de 1977) e "[nossos] sapatos são desenhados e feitos a mão", com uma imagem dos sapatos cercada por ferramentas usadas há um século (*ibid.*).

Em segundo lugar, a melhor solução, que em geral exige explicação mais laboriosa, consiste em garantir aos consumidores que, embora a mercadoria seja produzida em massa, não tem os defeitos habituais desses produtos. Esta é a estratégia usada pela Birds Eye China Dragon (*Woman*, agosto de 1977), que procura estabelecer a autenticidade da comida enlatada contando-nos uma história tocante sobre um famoso cozinheiro chinês que assumiu o "controle da cozinha da Birds Eye" e "utilizava as receitas que a mãe lhe ensinara", insistindo que os alimentos da Birds Eye "obedecem estritamente aos modelos de sua mãe".

No decurso de sua longa história, o anúncio consegue mencionar todas as objeções costumeiras aos alimentos industrializados: as verduras "cozidas até virar papa", carne de porco "gordurosa", o arroz "um mingau", etc. Desse modo a Birds Eye se torna imune a essa espécie de críticas, pois o anúncio reconhece sua relevância e mostra como a empresa as enfrenta: levou-as em consideração e agora proporciona uma "autêntica variedade China Dragon".

Convenções morais opressivas

Os anúncios comentados nas quatro seções anteriores tratavam, todos eles, dos graves problemas com que se defronta a sociedade atual, oferecendo assistência a nossas heróicas tentativas de enfrentar uma vida confusa e agitada. Todos eles se incluem na categoria *perceptiva do problema*, isto é, manifestam uma preocupação "autêntica" com os anseios e os medos das pessoas comuns.

Nesta seção examinaremos outra categoria de anúncio, que também traduz os defeitos da ordem social vigente, mas de maneira diferente. É um tipo de anúncio que se poderia classificar como *transcendente das normas*. Ele indica com clareza que as normas vigentes de moral e de comportamentos são sentidas como imposições desagradáveis que coagem nossos impulsos e desejos; no entanto, conduzem à emancipação por meio do consumo de determinado produto, cerceando drasticamente o radicalismo dos anseios utópicos.

Some day you'll settle down with a nice, sensible girl, a nice, sensible house and a nice, sensible family saloon. Some day.

Meantime, let your hair down, put your hood down and push your foot down.
After all, you've no commitments to slow you up.
Meantime, feel the sun on your face and the wind whistling past your ears. Play tunes on the gearbox through the country backroads.
True, there are only two seats. Who needs a charabanc for what you have in mind? Meantime, just have fun. Your MG days don't last forever.

MG
From Leyland Cars With Supercover

Figura 33 MG
Mayfair, outubro de 1977

Algum dia você estará estabelecido com uma garota boa e sensata, uma casa boa e sensata, uma família boa e sensata. Algum dia.

Enquanto isso, solte os cabelos, abaixe a capota e aperte o pé. Afinal, nada o obriga a diminuir sua velocidade.
Sinta o sol no rosto, o vento assobiando nos ouvidos.
Faça a caixa de câmbio cantar pelas estradas do campo.
Bem, só há dois lugares. Mas, para aquilo que você pretende fazer, quem precisa de uma "banheira"? É tempo de se divertir.
Seus dias de MG não vão durar para sempre.

Num anúncio dos carros esportivos MG, as obrigações da vida de casado aparecem como incômodas — por exemplo, nas repetidas caracterizações do título em contraste com a alegria e a liberdade da foto (fig. 33).

O anúncio é dirigido aos solteiros, pois o título parte do princípio de que no momento da leitura você não se acomodou na vida. A vida familiar tradicional é pintada como aborrecida, muito "boa" e "sensata", exatamente como a mulher com quem você se casou. Em contraste, os "dias de MG" que "não vão durar para sempre" são repassados pela alegria da velo-

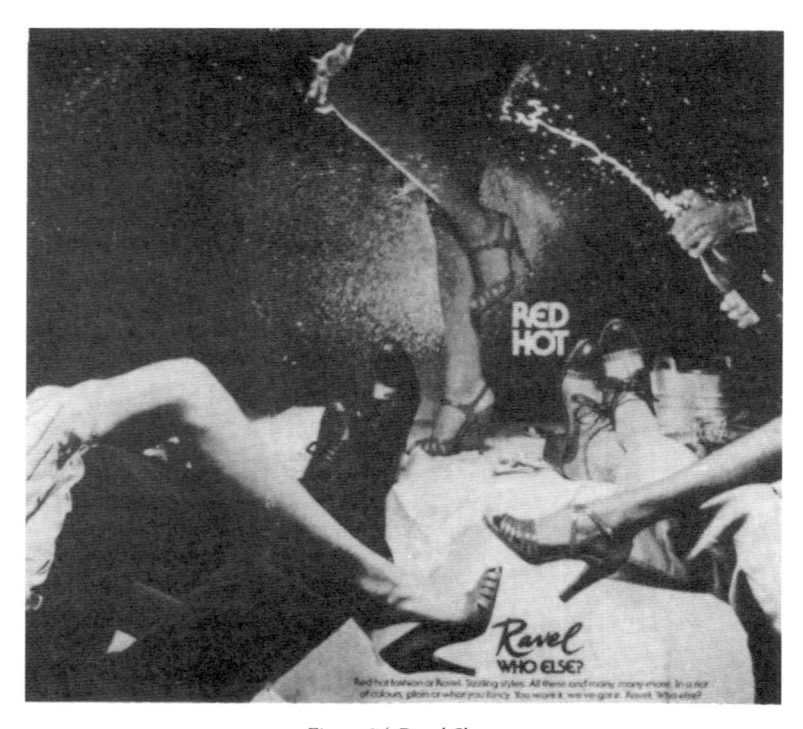

Figura 34 Ravel Shoes
She, abril de 1977

cidade, da aventura e do sexo. "Para aquilo que você pretende fazer, quem precisa de uma 'banheira'?", tanto que a garota sentada no banco ao lado, supõe-se, não é boa nem sensata.

Mas, apesar de exprimir uma séria crítica à família, nem por isso o anúncio deixa de apresentar essa instituição social como o inevitável ponto final na vida de um homem. "Enquanto isso" o MG servirá de válvula para a agitação do homem solteiro, que estará domada quando os compromissos conjugais começarem a "diminuir sua velocidade". Longe de desafiar a normalidade da vida de casado, o anúncio desen-

EXCITANTE

**Ravel
Quem mais?**

Ravel, moda excitante. Estilo abrasador. Tudo isso e muito mais.
Num turbilhão de cores lisas ou de acordo com sua fantasia.
Você quer, nós temos. Ravel. Quem mais?

Figura 35 Vu
Cosmopolitan, julho de 1977

"Gosto tanto de você que criei Vu para abraçar
cada pedacinho seu"
Ted Lapidus

Adoro seu pescoço

VU
POR
Ted Lapidus
PARIS

Minha fragrância totalmente envolvente e embriagadora,
que ama você inteirinha

volve suas melancólicas perspectivas para que a posse de um MG pareça ainda mais necessária para os esperançosos frêmitos da nossa vida de solteiros.

A rebelião contra as normas e práticas sexuais constitui o principal ponto de atração do anúncio de sapatos mostrado na figura 34. Nele, as frustrações eróticas e as inibições sexuais explodem numa espécie de orgia desenfreada, sendo o caráter sugestivo da ilustração complementado pelos meios-tons de expressões como *red hot* ("excitante"), *what you fancy* ("de acordo com sua fantasia"), *you want it* ("você quer"). A evidente dificuldade de estabelecer um nexo causal entre os sapatos e esta fantasia nos permite inferir que o anúncio pretende apenas excitar os desejos do consumidor, criando para isso, em torno dessa marca, uma aura de excitação erótica decisiva para as vendas.

Um anúncio semelhante, do perfume Ted Lapidus (fig. 35), aproveita as mesmas frustrações sexuais explorando o fascínio do leitor por um comportamento erótico inventivo, alegando ter criado um perfume "para abraçar *cada pedacinho seu*" e uma "fragrância *totalmente envolvente e embriagadora* que (*who*) ama você inteirinha" (grifo nosso). O objetivo do anúncio é transformar o seu afrodisíaco verbal no ato comercial da aquisição, comparando-o com o ato sexual que explora cada pedacinho da parceira.

CONCLUSÃO

Os anúncios examinados nas páginas precedentes só têm sentido no quadro do interesse popular por alguns aspectos isolados da ordem social capitalista. Muitos anúncios, contudo, ilustram as reservas mais generalizadas que se fazem ao futuro da cultura ocidental de consumo. Mesmo que um anúncio de xampu esteja falando especificamente de cabelo, não parece absurdo que o seu diagnóstico se estenda à saúde, como, por exemplo: "No mundo de hoje, seu cabelo está sujeito a um ataque constante. Toalhas quentes, aquecimento central, sujeira, poluição, enfermidade e até o alimento que você come. Tudo isso pode prejudicar o seu cabelo" (*Woman*, agosto de 1977).

Continuemos por um momento, talvez de forma algo controvertida, a examinar a analogia entre cabelo e saúde física e mental. Certo anúncio de um condicionador de cabelo critica indiretamente as normas dos modernos cuidados capilares: "Seu cabelo é constantemente colorido, ondulado, armado e esticado até romper-se" (*Cosmopolitan*, julho de 1977), motivo pelo qual não é raro ter o "cabelo estragado". No entanto, o produto anunciado ajuda a compensar as desvantagens dos modernos cuidados capilares, sem obrigar a leitora a abandonar os benefícios de andar na moda e ser fascinante.

Esse anúncio ilustra a espiral de problemas resolvidos e criados pelos produtos modernos: você lava o cabelo com tanta freqüência (diariamente?) que ele começa a sofrer; para compensar, você parte para um condicionador que "restitui o vigor natural do cabelo", enfraquecido pelo uso constante do secador; para contrabalançar, você passa a usar um condicionador especial cuja temperatura "mantém o seu cabelo forte e macio" e assim por diante. Quem ganharia e quem perderia se você se acostumasse a lavar o cabelo uma ou duas vezes por semana, deixando-o secar naturalmente?

Resta saber se os diagnósticos e os remédios da propaganda para os problemas do cabelo podem ser considerados sintomáticos de sua função cultural mais ampla.

Os anúncios apresentam muitas indicações de que os produtos de higiene e beleza que aplicamos ao cabelo, à pele, ao corpo inteiro, fazem mal; que é prejudicial à saúde, muitas vezes, a roupa que vestimos; que os alimentos que ingerimos são pobres em fibras e vitaminas; tudo abrangido, grande parte do meio ambiente é insalubre e perigoso.

No entanto, a propaganda não se cansa de propor-nos soluções que pressupõem a inevitabilidade das causas básicas desses problemas, convidando-nos a vencê-los pela aquisição de bens e, o que é mais, em caráter individual: isso se exprime simbolicamente num anúncio das motos Honda (*Sunday Times Magazine*, julho de 1977) que favorece a solução individual dos problemas de transporte público, mostrando três pessoas correndo para pegar um ônibus de dois andares, que se arrasta a passo de caracol.

A crescente freqüência com que a publicidade alude aos riscos da civilização moderna provavelmente pode ser interpretada como reflexo da consciência cada vez maior da necessidade de eliminar as causas estruturais. As soluções fundamentais procuradas poderiam compreender a ampliação das atuais fronteiras da democracia ao controle do uso dos recursos humanos e materiais, que atualmente constitui um privilégio dos capitães da indústria.

Os humildes começos dessa democracia ampliada estariam representados pelos crescentes movimentos, tanto na Europa como nos Estados Unidos (por exemplo, os chamados "partidos verdes" da Alemanha, França e Suécia), suscitados pelo medo de que a gigantesca capacidade *produtiva* do capitalismo esteja atingindo um ponto em que, livre do controle público, ameace transformá-la numa capacidade *destrutiva ilimitada*.

Enquanto isso, ao nível micro, a propaganda nos vem oferecendo novos produtos para compensar os efeitos nocivos de uma geração anterior de produtos. Ao nível macro, vem fazendo o que pode para convencer-nos de que é possível solucionar os problemas criados pela estrutura socioeconômica capitalista graças aos miraculosos remédios desenvolvidos e comercializados pelas empresas particulares dessa estrutura.

CAPÍTULO 6

A IDEOLOGIA DA PROPAGANDA

INTRODUÇÃO

Consideremos o anúncio de um condicionador de cabelo. Começa por exaltar um costume – o da secagem ventilada – que é declaradamente prejudicial ao cabelo, mas desejável por ser útil. Passa então a apresentar a solução para o problema: o produto, que é apoiado por referências à sua eficácia em outra conhecida vítima do superaquecimento, o cacto, cujos extratos estão entre os ingredientes desse produto. Em outras palavras, enquanto o anúncio prefere ignorar as causas básicas do problema do cabelo superaquecido e seus possíveis efeitos prejudiciais a longo prazo, o uso de equipamentos que esquentam o cabelo aparece como a única coisa normal a fazer. E toda leitora que pudesse ter ficado preocupada após a leitura da tenebrosa história a respeito de cabelos fracos e quebradiços é reconduzida com rapidez e autoridade ao rebanho das usuárias dos secadores de cabelo: obviamente, ela é advertida de que não deve deixar de usá-los.

Não são muito freqüentes os anúncios que expressam tão abertamente as normas de comportamento que desejam. É muito mais comum recomendarem como incontestável uma certa *norma de comportamento*. Um anúncio de um desodorante para os pés (*Cosmopolitan*, julho de 1977) procura estabelecer como necessário e normal o emprego de produtos dessa espécie. O método consiste em traçar um paralelo histórico com desodorantes para as axilas, que são apresentados como uma necessidade inquestionável: "Houve um tempo em que não se usavam desodorantes para as axilas." O anúncio procura, portanto, evocar e explorar nosso desagrado à mera idéia de uma época em que as pessoas tinham cheiro de gente nas axilas para criar nelas o mesmo desagrado pelo cheiro natural dos pés, alienando-as de suas próprias sensações corporais.

É claro que a transpiração dos pés pode ser muito desagradável, e o anúncio, na verdade, menciona as causas do problema: "sapatos feitos de materiais sintéticos, que não deixam os pés respirarem. Calçados fechados e muito justos também não ajudam". Assim, só com muita imprudência é que se pode continuar com uma frase sugerindo que a solução está, não na abolição das causas, mas no uso de outro produto: "*Por isso*, não surpreende que algumas pessoas já tenham encontrado a solução. Desodorante [X] para os pés" (grifo nosso).

Além de ilustrar o fenômeno da normalidade de comportamento implícita, esse anúncio nos oferece um claro exemplo de *redução do problema*: em vez de solucionar o problema do mau cheiro dos pés, apresentando alternativas de calçados com melhor ventilação, oferece um produto que nos ajuda a contrabalançar os indesejáveis efeitos colaterais da adoção de modas insalubres, aumentando nossa dependência de produtos adquiridos.

Na verdade, os dois mecanismos são essenciais ao esforço da publicidade para convencer os leitores de que é possível atender às suas necessidades e solucionar seus problemas mediante o consumo. São mecanismos muito comuns na propaganda de artigos de higiene pessoal. O primeiro problema que esses anúncios enfrentam é a menstruação; o objetivo é gerar confiança, e a solução é Simplicity, Lil-lets ou seja lá o que for. Mas, para resolver o problema, é preciso que os anúncios de absorventes reduzam um fenômeno complexo, em que se misturam elementos físicos, psicológicos e emocionais, a uma simples questão de excreções corporais. Todos os absorventes higiênicos são capazes de resolver esse problema, graças à sua "absorção máxima" e ao "revestimento de absoluta segurança", ficando então demonstrado que a confiança resultante da "proteção total" soluciona todos os demais problemas periódicos da menstruação: as mulheres são apresentadas como pessoas felizes, despreocupadas e ativas, parecendo até que sua vitalidade alcança um apogeu mensal que lhes permite ser uma perfeita companheira para o marido, os filhos e os amigos, além de mais competentes e criativas no emprego (ver os anúncios de Simplicity e Tampax, figs. 12 e 18. Só ignorando o caráter multifacetado da menstruação é que a propaganda consegue construir imagens tão idealizadas da feminilidade, a ponto de esperar obter maior parcela de um mercado em que é grande a lealdade ao produto.

Essas imagens idealizadas produzem o efeito posterior de condicionar as mulheres no sentido de suprimir a dor, os receios e as depressões que freqüentemente acompanham o fluxo menstrual: em outras palavras, criam uma normalidade de comportamento e de valores acerca da menstruação que impele as mulheres a ocultar uma função natural do organismo, ao mesmo tempo que reforçam o tabu social da menstruação.

Alguns anúncios são bastante explícitos a esse respeito, assegurando às mulheres que "eles não se notam, mesmo usando roupa justa" (*Cosmopolitan*, julho de 1977). Outros são mais sutis – e mais perigosos, do ponto de vista ideológico, porque a norma por eles estabelecida permanece no nível latente, "natural", o que significa que a leitora aceita a norma como inquestionável, sem submetê-la ao exame consciente da razão.

O título de um anúncio dos Dr. White's Panty Pads (Absorventes Dr. White's), em *Woman* de julho de 1977, pergunta: "Há aqui alguma coisa que você não possa usar?" Como a pergunta não nos choca por sua insensatez, fica necessariamente implícito que nos outros absorventes *há* coisas que não podem ser usadas. E espera-se que a leitora deduza a conexão causal: porque os outros absorventes são *visíveis*. O emprego da expectativa verbal (cf. pp. 34-8) reforça a norma de comportamento segundo a qual a menstruação é algo que a mulher deve manter em segredo, até para si própria: "Nem você saberá que os está usando." Isso proporciona o fundo ideal para oferecer à leitora um meio de observar a norma.

Antes de discutirmos a questão ideológica em termos mais gerais, talvez seja útil ilustrar os fenômenos da redução dos problemas e da normalidade do comportamento verificados no anúncio do alisador de cabelo Londun Line, publicado no *Drum Magazine* para as negras da África do Sul (fig. 36). As diferenças de meio político e cultural do anúncio são talvez muito estranhas aos leitores de outras partes do mundo para que ressaltem mais claramente os efeitos dos dois mecanismos.

A mulher aí representada tem o problema de ser negra na sociedade do *apartheid*, dominada pelos brancos. O problema é então reduzido da esfera política e social para a cosmética, cabelo liso x cabelo crespo, o que é muito mais fácil de resolver – embora signifique a negação completa das características pessoais e o primeiro passo para a aceitação da aparência e do comportamento das brancas. A lógica do anúncio implica que a solução do estatuto desvantajoso dos negros não consiste em lutar pela igualdade racial, mas em deixar de ser negros. Se a transformação de "antes" para o sorridente "após o tratamento" é alguma coisa que pode servir de base, então valeu a pena experimentá-lo – além de ser menos perigoso do que participar da luta política pela igualdade racial.

A nosso ver, os processos semânticos da redução dos problemas e a imposição de uma normalidade de comportamento são os mecanismos de maior conteúdo ideológico da propaganda, desde que por ideologia compreendamos as estruturas de significado que desfiguram os fenômenos, estados e processos da nossa cultura ou que afirmam ou pressupõem a naturalidade e a inevitabilidade desses fenômenos, estados e processos[1].

IDEOLOGIA

Para os propósitos deste livro, os processos ideológicos verdadeiramente insidiosos são aqueles que apresentam um fenômeno como algo tão evidente e natural que dispensa qualquer exame crítico e o torna inevitável; as convicções que não

▼
1. Essa definição de ideologia é influenciada principalmente pelas teorias de Althusser. Para uma introdução teórica, remetemos o leitor a Hall (1977), que inclui uma bibliografia de obras teóricas fundamentais.

Figura 36 Londun Line
Drum Magazine, outubro de 1981

Liso, Preto e Bonito

Alisante Londun _{com tintura preta}

Antes

1 Ponha uma toalha sobre os ombros

2 Lave os cabelos com o xampu Londun Line

3 Enxugue-os com uma toalha

4 Aplique o creme

5 Penteie da frente para trás

6 Aplique o neutralizador Londun Line

7 Conserve-o no cabelo por 20 minutos

8 Lave com bastante água quente

9 Penteie a gosto ou aplique *bobbies*.

Londun Line também ao natural, sem tintura

Após o tratamento

são questionadas por serem apresentadas como inabaláveis; as mensagens que, envoltas por uma aura de puro "senso comum", não só procuram deter ou reverter a mudança social em andamento como pressupõem que semelhante mudança é impossível.

Para demonstrar que as atitudes ideológicas não são apenas sinônimos de "equívocos de adversários", vejamos uma crença ideológica ainda muito generalizada no espectro político e que é explorada comercialmente pela marca *Mothercare* ("Cuidados Maternos"): a idéia de que o amor de mãe é natural. Se rompermos o encanto dessa ideologia e dissermos que o amor da mãe pelo filho não é natural, a maioria não concordará.

Em parte, tal reação pode ser explicada lingüisticamente pelo fato de que o "natural" assumiu tamanha estima que afirmar que alguém ou alguma coisa não é natural equivale a dizer que é anormal. No entanto, a reação reflete também a crença inata de que os laços entre mãe e filho são tão fortes que nada pode rompê-los e que a diferença entre amor materno e amor paterno não é de grau, mas de gênero.

No entanto, historiadores e antropólogos (por exemplo, a historiadora e filósofa francesa Elisabeth Badinter, no livro *L'Amour en Plus*, de 1980) já deram provas conclusivas de que o amor materno não passa de uma "opção" para a mulher que deu à luz um filho e que tal opção é determinada mais por circunstâncias sociais e históricas do que por traços trans-históricos do psiquismo feminino. Em nossa sociedade, a ideologia do amor materno pode ser considerada como o esteio da estrutura da família tradicional e do acesso ao amor-próprio da mulher economicamente dependente. Em nossos dias, alguns homens encararão os sagrados laços maternos como uma prerrogativa feminina que gostariam de compartilhar.

Esse exemplo serve para ilustrar o fato de que a ideologia pertence ao domínio do senso comum e, por sua vez, o conceito do senso comum nos permite alcançar a essência da ideologia como aquilo que é ao mesmo tempo visível para todos e invisível por seu caráter óbvio.

Por conseguinte, reconhecemos que a "ideologia" é um componente necessário da vida humana: se não nos apegássemos a certas atitudes fundamentais e formas de pensar, nossa consciência estaria num fluxo constante, que nos paralisaria por completo. No entanto, devemos lembrar que até mesmo os nossos valores fundamentais são produto do conhecimento humano e dos processos culturais e, como tal, estão sujeitos a mudanças.

A ideologia da propaganda é nefasta porque reforça as tendências que procuram tornar estática a sociedade – não no sentido de evitar o desenvolvimento de novos produtos e a criação de novas oportunidades de lazer, mas no de retardar ou impedir a revisão dos princípios básicos da ordem social, quer no nível macro ("democracia"), quer no nível micro (papel dos sexos).

Consciência do mercado

Um dos mais notáveis aspectos ideológicos do mundo retratado pela publicidade é a quase ausência de trabalho. Já atribuímos essa ausência ao caráter de devaneio da maior parte da propaganda, interpretando-o simbolicamente como reflexo do descontentamento generalizado com o processo de trabalho industrial (cf. pp. 202-7).

Ao desprezar praticamente todos os fenômenos ligados à produção, não há dúvida de que a propaganda atende à necessidade de escapismo dos leitores, servindo ao mesmo tempo a seus próprios interesses ao ocultar a desigualdade fundamental na esfera da produção (cf. p. 9). A *consciência do mercado* que daí resulta é um dos traços mais comuns e salientes da ideologia dominante. Ela aparece, por exemplo, no fato de a propaganda só se interessar pelos produtos depois de sua comercialização; o processo de manufatura das matérias-primas por meio das máquinas e do trabalho humano é posto de lado. Supõe-se, portanto, que o atual modo de organização social do trabalho é inquestionável e inevitável: tudo o que temos a fazer é preocupar-nos com os seus resultados, já que as circunstâncias do processo são irrelevantes.

A produção é representada alternativamente em termos nostálgicos ou românticos, que pouco têm a ver com o que ela é numa sociedade industrial avançada. Voltemos ao anúncio do queijo Farmhouse (fig. 32) para ver um exemplo concreto da nostalgia que envolve a produção de alimentos. Esse anúncio revela a existência de um elo entre a vaca e o queijo, mas trata-se de um elo muito rústico e antiquado, sem nenhum traço da maquinaria presumivelmente utilizada não só para a "pré-embalagem" como também para a produção do queijo. Aparentemente, apesar das inúmeras e evidentes vantagens da produção tecnológica, não deixa de ser penoso, para os industriais, lembrar os inconvenientes da fabricação em massa: as associações de produtos baratos e de baixa qualidade com a inevitável arregimentação e alienação da mão-de-obra, que não raro precisa trabalhar em três turnos a fim de recuperar a enorme despesa com a aquisição dos equipamentos, sem contemplação para com os efeitos desintegradores sobre a vida familiar.

Pondo de lado essas incursões pelos idílicos lugarejos da manufatura, a universal consciência mercadológica da propaganda obscurece as verdadeiras relações da ordem social ao representar "um sistema que exige tanto a produção como a troca, como se consistisse apenas em troca [...], já não podemos *ver* que é na produção que o trabalho é explorado e a mais-valia extraída" (Hall, 1977:323). Manter-se dentro dos limites do mercado significa mascarar e esconder os fundamentos antagônicos da sociedade capitalista, pois só no mercado os direitos básicos e presumivelmente inalienáveis da liberdade e da igualdade têm algum valor prático (cf. pp. 9-12). Além disso, a falta de liberdade e de igualdade plenamente democráticas nas decisões econômicas de longo alcance é compensada pela liberdade de escolha no mercado, que desempenha importante papel em muitos anúncios. A publicidade, portanto, tem outra importante função social:

> O fato de essa função não ter sido planejada como um objetivo pelos que se dedicam à publicidade e a utilizam não diminui de forma alguma a sua significação. A publicidade transforma o consumo num substituto da democracia. Escolher o que se vai comer (ou vestir, ou dirigir) assume o lugar de uma opção política significativa. A publicidade ajuda a mascarar e a compensar tudo o que é antidemocrático dentro da sociedade.
>
> (Berger, 1972:149)

A função descrita por Berger pode ser observada no papel da propaganda como instituição cuja mesma visibilidade na sociedade chega a simbolizar a liberdade de escolher, a livre empresa e, em última instância, o "mundo livre". É o que salta à vista em determinados anúncios: o de uma cozinha, por exemplo, explora abertamente a ideologia da liberdade através do consumo: as cozinhas Moffat "dão a você completa liberdade e flexibilidade no planejamento da sua cozinha" e até os fogões têm o nome de "Liberdade": "Você escolhe" o lugar onde ele deve ficar, eles "dão a você uma tremenda opção", etc. (*Woman*, outubro de 1977). Outro exemplo se evidencia no anúncio de esponjas para espinhas Buf-Puf, que muito significativamente informa que "a América adora Buf-Puf, e você também vai adorar", numa legenda-balão anexa a uma estátua da Liberdade em miniatura inserida no fundo da ilustração (*Cosmopolitan*, julho de 1977).

Indivíduos e grupos

No capítulo 4 vimos que a estratégia de persuasão de muitos anúncios, especialmente aqueles dirigidos ao público de classe média, dá muita ênfase ao individualismo, como no caso do cosmético Miners, que nos garante que, com os seus delineadores, você ficará "um tanto mais individualizada" (*ibid.*), ou no dos absorventes Kotex Brevia, que se dizem destinados "especialmente à mulher que já teve de enfrentar um corrimento vaginal" (*Woman*, agosto de 1977).

Embora o texto do anúncio afirme explicitamente que o corrimento vaginal pode acontecer a qualquer momento em toda mulher, a maneira de abordar a leitora procura fazer com que ela *sinta* que é especial. Desse modo, o anunciante torna o apelo do produto abrangente e, ao mesmo tempo, único e pessoal.

Analogamente, quando um anúncio de equipamento fotográfico diz que "sem ele você nunca saberá se é bom" (*Sunday Times Magazine*, julho de 1977), está atribuindo aos leitores um grande potencial para a fotografia, enquanto ressalta que só determinada marca fará justiça ao seu talento. O individualismo que tais anúncios pressupõem tem origem na consciência do mercado discutida na seção anterior, sendo de fato um de seus corolários estruturais. Pois, ainda que a produção industrial capitalista, dado o seu desenvolvimento dinâmico e expansivo, venha a depender cada vez mais de uma crescente divisão e interdependência do trabalho, essa propensão para a interdependência é neutralizada na esfera da circulação: no sistema capitalista, a consciência humana da troca de bens no mercado é distorcida de tal forma que aquilo que, basicamente, constitui uma transação social entre partes interdependentes (cf. pp. 9-12) surge como uma relação individual entre compradores e vendedores mutuamente independentes, de modo que o "bem comum" se concebe como algo derivado automaticamente da busca da felicidade individual[2].

Sempre que é explorado em anúncios, esse individualismo produz o efeito de manter as criaturas isoladas, ao confirmar nossa preciosa unicidade, suprindo-nos de "antolhos imaginários que nos impedem de olhar para o lado e de reconhecer outras pessoas semelhantes a nós" (Williamson, 1978:54) e convencendo-nos assim a traduzir nossa particular singularidade por meio do mesmo bem produzido em massa. Mas, quando a posse e o uso de certo bem se tornam suficientemente prestigiosos, o produtor costuma lucrar abandonando a adulação individualista para enfatizar a "propriedade comum" dos consumidores, o uso do produto e o estilo de vida que o cerca. Depois de fragmentar as classes sociais em indivíduos úni-

▼

2. Ver Hall (1977:323-25).

cos, portanto, a propaganda passa a impor uma coesão imaginária das unidades fracionadas através de grupos de consumidores, conforme o exemplificam frases como esta: "*Stresstabs people* take it to the limit" ("*O pessoal das Stresstabs* vai até o limite"), extraída de *Runner's World* de agosto de 1982, com grifo dos autores.

Essa coesão imaginária pode ter conseqüências bastante nefastas, pois estabelece

> uma formação particular de grupos que não se confunde com os agrupamentos por diferenças de classe. Os anúncios obscurecem e evitam os verdadeiros problemas da sociedade, aqueles relativos ao trabalho: a empregos e salários e a quem trabalha para quem. Criam sistemas de diferenciação social que servem de verniz para a estrutura básica de classes de nossa sociedade.
>
> (Williamson, 1978:47)

Antes de deixar esses aspectos gerais da ideologia publicitária, examinemos o anúncio de Whitbread estampado na figura 37, que ilustra alguns dos fenômenos que acabamos de tratar. Pertence ao tipo de propaganda de prestígio ou de boa vontade, já que seu objetivo é a criação de benevolência entre o público a longo prazo, e não a obtenção de um aumento de vendas imediato. Representa a continuação de outro, anterior, que levantava as questões de horário de venda permitida de bebidas alcoólicas (*licensing hours*) e que é reproduzido do lado esquerdo da ilustração.

Desde o começo, o anúncio procura criar uma imagem de trabalho pelo bem comum. Referindo-se ao questionário, evoca o processo sociológico de formação de opinião e de tomada de decisões no terreno político. É o que se torna mais explícito no final do texto, onde os esforços da cervejaria são colocados no contexto do "Parlamento" e do "Judiciário": salta à vista que a Whitbread está engajada numa luta democrática em prol dos direitos civis, a saber, o direito de tomar cerveja no bar sempre que nos apeteça. Em outras palavras, a empresa está promovendo, em última análise, o seu interesse em vender mais cerveja invocando o mais precioso mecanismo político dos ingleses – a democracia parlamentar – para mascarar tal interesse (cf. a análise do anúncio da Stella Artois, pp. 203).

Em nenhum ponto declara a empresa que foram os objetivos comerciais que a induziram a essa campanha ou que sua esperança é aumentar as vendas. Pelo contrário, faz a figura de quem se inspira em dignos motivos de temperança, citando um correspondente epistolar que teria dito que a ampliação do horário de funcionamento "diminuiria os índices de embriaguez".

A posição da Whitbread dentro da estrutura parlamentar apóia-se na sua fidelidade aos princípios das ciências sociais: o que a preocupa é realização de pesquisas de opinião confiáveis, tanto que não parte para conclusões apressadas com base num grupo de freqüentadores de bares, sem representatividade. De resto, o fato de seus interesses permanecerem ocultos contribui para a impressão de que não atua senão por amor ao bem-estar público, dando voz ao desafortunado e desarticulado grupo de freqüentadores de bares: "Nossos clientes não dispõem de um grupo de pressão articulado."

Ao trabalhar com esse tipo de agrupamento social, a Whitbread atropela todas as noções sociais básicas de classe, substituindo-a por grupos "organizados" em torno de produtos (nesse caso, a cerveja). Essa sociologia do consumidor está ligada à sociologia política pelo fato de se pretender que os freqüentadores de bares sejam um grupo de pressão que ainda não se acha organizado.

This advertisement caused 5,200 people to write to us. Here's what we're going to do.

Is there anything to be said for our licensing hours?

Four thousand people took the trouble to complete and send in the questionnaire from the advertisement. And twelve hundred went so far as to write us letters.

We've never run an advert that provoked such a colossal response.

Clearly a lot of people are pretty worked up about our licensing hours. For example, one correspondent said, "I am convinced that relaxing the hours of opening would have the effect of lessening the amount of drunkenness." Another felt even more strongly, "The licensing laws in this country are appalling and more fitting to the early part of this century".

In fact, there was fairly general agreement that the current licensing hours are too inflexible.

And many of our correspondents think licensees should be allowed to set their own opening and closing times.

If you would like to have more detailed information about the response to the advertisement drop us a line at the address below and we will send you a leaflet on the subject.

So far so good.

But can we be sure that the opinions expressed by these respondents accurately reflect those of people in the country as a whole?

The answer is no, we can't be sure.

So we have decided to finance a national survey. It will be conducted by an independent research company, and it will be large enough to provide statistically reliable results.

It will probably take about six months to complete.

Then we will be able to say we know how our customers feel about the licensing laws.

Right now we can't say that with any certainty.

We know how licensees feel because their views were solicited fairly recently by the Errol Committee.

But our customers don't have an articulate lobby.

So when the results of the survey are in, if they show that there's a case for changing the law we will make the findings available to everybody concerned. Members of Parliament because they finally have to endorse any change in the law. The Judiciary and the Police because they have to enforce the law. And the National Union of Licensed Victuallers and the National Association of Licensed House Managers because they have to operate within the law.

If you would like the leaflet that gives further details of the response to our first advertisement, the address to write to is Whitbread & Co. Ltd, Department 112, The Brewery, Chiswell Street, London, EC1Y 4SD.

WHITBREAD & CO LTD

Figura 37 Whitbread
Sunday Times Magazine, julho de 1977

Este anúncio fez com que 5.200 pessoas nos escrevessem. Veja o que vamos fazer.

Há alguma coisa a dizer sobre o horário de venda de bebida?

Quatro mil pessoas se deram ao trabalho de preencher e nos devolver o questionário veiculado pelo anúncio. E mil e duzentas chegaram a nos escrever cartas.

Nunca tínhamos publicado um anúncio que provocasse tamanha repercussão.

Muita gente está preocupada com nossos horários de funcionamento. Um leitor afirmou, por exemplo: "Estou convencido de que um horário mais elástico diminuiria os índices de embriaguês." Outro foi ainda mais enfático: "As leis que disciplinam o assunto neste país são terríveis, mais adequadas ao começo do século."

De fato, houve certo consenso de que tais leis são muito inflexíveis.

Muitos propuseram que os horários de abertura e fechamento dependessem de seus próprios critérios.

Se você deseja maiores informações sobre a resposta ao anúncio, escreva para o endereço abaixo e lhe mandaremos um folheto sobre o assunto.

Até aqui tudo bem.

Mas poderemos estar certos de que as opiniões expressas por essas respostas refletem com exatidão a do país como um todo?

A resposta é não, não poderemos estar seguros disso.

Assim, resolvemos financiar uma pesquisa nacional, a ser encaminhada por uma agência independente, e suficientemente ampla para proporcionar dados estatisticamente seguros.

A pesquisa levará talvez seis meses para ficar pronta.

Só então seremos capazes de dizer que conhecemos a atitude dos consumidores em relação aos horários de funcionamento.

O que, no momento, não poderíamos fazer com a devida certeza.

Sabemos como os proprietários se sentem a partir das recentes indagações do Erroll Committee.

Mas nossos clientes não dispõem de um grupo de pressão articulado.

Dessa forma, quando os dados da pesquisa estiverem disponíveis, se for o caso de mudar a lei, colocaremos os resultados ao alcance das pessoas competentes: os membros do Parlamento, porque cabe a eles endossar em última instância qualquer mudança na lei; o Judiciário e a Polícia, responsáveis pelo seu cumprimento; e a National Union of Licensed Victuallers, juntamente com a National Association of Licensed House Managers, porque elas devem agir nos termos da lei.

Se você está interessado no folheto que detalha a resposta ao nosso primeiro anúncio, o endereço é

WHITBREAD & CO. LTD.

O absurdo dessa idéia torna-se claro quando a levamos à sua conclusão lógica: uma sociedade em que as pessoas formam grupos de pressão política segundo o produto que adquiram. É escusado dizer que esses grupos teriam objetivos perfeitamente contraditórios, como é o caso desse anúncio: o senhor Smith, na qualidade de membro da associação dos moradores, é contra o prolongamento do horário dos bares "por causa do barulho", mas, como freqüentador de bares, pretende-se que ele seja a favor de menos restrições ao horário de funcionamento. Que interesse predomina sobre o outro? O anúncio sugere claramente este último e, no processo, deturpa as classes como categorias sociais.

IDEOLOGIAS ESPECÍFICAS DA PROPAGANDA

Transferência de significação em anúncios[3]

A consciência ideológica do mercado e as respectivas subideologias são muito comuns na propaganda, ainda que raramente se manifestem ao nível evidente da persuasão, isto é, como um complexo de significação referido por determinado anúncio para conferir ao produto um valor simbólico ou "imagem".

Esse papel é desempenhado por complexos de significação como a história, a natureza, a ciência e assim por diante, os quais já estavam estabelecidos como sistemas ideológicos antes da sua adoção pela propaganda. De acordo com Williamson

▼

3. Como é evidente, ficamos devendo muito à obra de Judith Williamson *Decoding Advertisements* (1978) nas seções que se seguem.

(1978:99 ss.), classificaremos esses sistemas ideológicos como "sistemas referenciais". Consideramo-los "ideológicos" porque transmitem atitudes hoje dominantes em relação à história, à natureza, etc., como se fossem universalmente verdadeiras e válidas (cf. pp. 226-7). No entanto, deve-se entendê-los como complexos ideológicos que pertencem a um nível diferente das ideologias ligadas à consciência do mercado. Estas não são apenas "um aspecto descritivo do capitalismo... mas cumprem um papel central na preservação das relações capitalistas" (Hall, 1977:331), ao passo que aqueles são fenômenos ideológicos mais "acidentais". Por exemplo, as normas e hábitos de comportamento dos sexos não decorrem estruturalmente do modo capitalista de produção, assim como a regressiva distorção que a propaganda faz desse verdadeiro comportamento também não constitui uma necessidade estrutural para o capitalismo, por mais conveniente que seja ao patriarcado. Ou seja, os específicos sistemas de referência usados pela propaganda nunca são estáticos: mudam continuamente, acompanhando as mudanças dos costumes e normas sociais.

O significado simbólico de determinado referente está sujeito a dois processos de transmissão de significação na publicidade. Na prática, os dois processos são simultâneos, mas, em termos analíticos, temos de separá-los e considerá-los em separado.

De um modo geral, o anunciante quer dar ao seu produto uma imagem destinada a funcionar como vantagem extra para ele no mercado, onde é preciso diferenciá-lo um pouco dos produtos concorrentes, que são (quase) iguais quanto ao seu valor de uso material. O problema, para ele, consiste em conseguir que o leitor-consumidor associe o produto com a desejada imagem ou qualidade. A solução reside em apresentá-lo justaposto a um objeto ou a uma pessoa[4] que possua tal qualidade, de maneira óbvia para o leitor; se não confiar que o leitor seja capaz de dar o "salto mental irracional" (Williamson, 1978:43) que associa o "correlativo objetivo" ao produto, providenciará um estímulo embutido na estrutura formal do anúncio – por exemplo, a distribuição das cores. Se o conjunto der resultado, pode-se fazer o seguinte diagrama do processo:

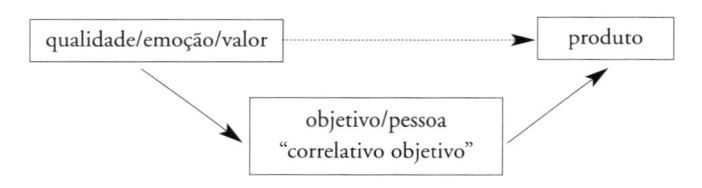

```
qualidade/emoção/valor ---------> produto
        |                           ↗
        ↘                          
        objetivo/pessoa
        "correlativo objetivo"
```

Um anúncio de refrigerante retrata os sucessivos estágios de vestir até os quadris um par de *jeans*, mas basta olhar para as três fotos de trás para ver uma jovem *baixando* as calças dos quadris. A roupa mostrada nas fotos, bem justa, passa então a significar "esbelteza" e "erotismo", valores que se transferem ao produto graças aos efeitos combinados da justaposição e da coordenação de cores: a cor das calcinhas e a dos *jeans* são facilmente associadas à cor do logotipo do refrigerante.

Como a relação estabelecida entre roupa e produto se baseia na *similaridade* visual (cor), diz-se que ela pertence à cate-

▼

4. Ao objeto ou à pessoa de valor conhecido, dá Judith Williamson o nome de "correlativo objetivo", expressão tirada da teoria da estética de T. S. Eliot:

> A única maneira de expressar uma emoção na forma de arte é encontrando um *correlativo objetivo* – em outras palavras, um *conjunto de objetos*, uma situação, uma cadeia de acontecimentos que servirão de fórmula para essa emoção particular; de tal modo que, quando os fatos externos, que devem terminar em experiência sensória, se apresentam, a emoção é imediatamente evocada.
>
> (T. S. Eliot, "Hamlet", *Selected Essays*, Faber and Faber, 1932, p. 145).

goria das relações *metafóricas*. E, como é a *contigüidade* da imagem da roupa e do produto que nos faz operar a consciência para estabelecer a similaridade em primeiro lugar, vemos que a *metonímia* também é eficaz na transferência de valor para a mercadoria (cf. pp. 51-9). Enfim, este é o processo descrito no primeiro capítulo deste livro, sobre o conceito de "estética das mercadorias" (cf. pp. 11-2).

Via de regra, o segundo processo de transferência de significação apenas completa o primeiro, ao insistir ou implicar que o valor transferido à mercadoria será transferido ao consumidor mediante o ato de compra:

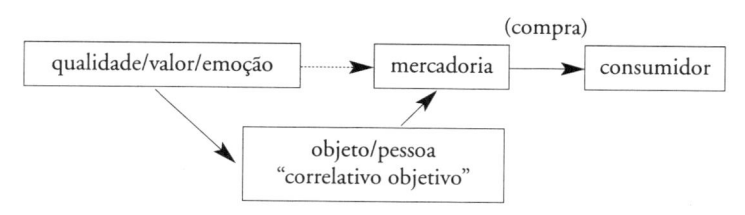

```
                                        (compra)
  ┌──────────────────────┐      ┌──────────────┐      ┌──────────────┐
  │ qualidade/valor/emoção│·····▶│  mercadoria  │─────▶│  consumidor  │
  └──────────────────────┘      └──────────────┘      └──────────────┘
                    ▲                   ▲
                    │                   │
                    │           ┌──────────────┐
                    └───────────│ objeto/pessoa │
                                │"correlativo objetivo"│
                                └──────────────┘
```

A legenda do anúncio do refrigerante é um exemplo desse processo: ao dizer que a leitora pode fazer isso, começa por pressupor que ela *quer* fazer "isso", ou seja, despir as calças... e vesti-las; depois, pretende que é através do produto que o ideal pode ser alcançado... ele pode ajudar.

Um anúncio do perfume French Almond (*Cosmopolitan*, julho de 1977) procura associar as várias fragrâncias vendidas por essa marca com "francesismo". Essa qualidade, normalmente considerada superior em questões eróticas e gastronômicas, é principalmente evocada em termos verbais: a colônia "evola pura *joie de vivre*", feita para "garotas que admiram o *panache* das francesas"; a qualidade é equiparada ao produto por meio do nome: *French* Almond. A transferência dessa invejável qualidade ao consumidor, mediante o ato de compra, se faz insistindo naquilo que é quase uma ameaça: "Não imagine que você chega lá sem esse indefinível *je-ne-sais-quoi*."

A propaganda, então, trata primeiro de fazer a *estética da mercadoria*, transformando-a num desejável distintivo para o consumidor, que espera obter um certo êxito particular. Depois, quando o distintivo for transferido ao consumidor por meio da aquisição da mercadoria, procura-se fazer a *estética do consumidor*, cuja ostentação de bens fascinantes se supõe atrair os sentidos e os desejos dos outros, tal como a mercadoria é produzida para atrair os sentidos e os desejos do consumidor, graças à imagem criada pela propaganda.

Na realidade, a palavra "estética" talvez não se correlacione bem com os processos de significação da propaganda; a idéia original é de Haug, para abranger a área mais ampla dos cosméticos, aditivos, embalagens coloridas das mercadorias, etc., de que a propaganda constitui apenas uma parte. Mas o termo não abrange muitos aspectos importantes dos processos simbólicos de significação na publicidade.

Em termos literais, "fazer a estética" quer dizer alguma coisa parecida como "agradar por meio de impressões sensoriais", mas, quando dizemos que determinado anúncio faz a estética da mercadoria, temos outra idéia em mente: queremos dizer também que ele confere "*uma ideologia*" *ao produto*, ao situá-lo num contexto ideológico que se lhe transmite por contato (por exemplo, a família feliz, a tecnologia onipotente, a Natureza). Desse modo, faz-se com que a mercadoria apele para os valores conscientes ou subconscientes do consumidor. Ao associar valores e sentimentos pessoal e socialmente desejáveis a mercadorias, a publicidade encadeia "coisas provavelmente *in*atingíveis com as que *são* atingíveis e, assim, nos restitui a certeza de que as primeiras estão ao nosso alcance" (Williamson, 1978:31).

Esse processo de significação constitui uma volta ao estado de coisas pré-capitalista, quando a relação cultural em que as pessoas se envolviam conferia certos valores aos bens que produziam:

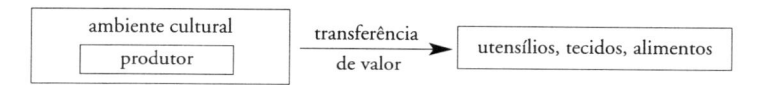

| ambiente cultural produtor | — transferência de valor → | utensílios, tecidos, alimentos |

Alimentos, tecidos e utensílios expressavam simbolicamente as pessoas que os produziam ou usavam. Hoje, porém, o valor simbólico de um produto é criado em campanhas planejadas e transferido às pessoas que o adquirem e consomem: o anúncio o transmite ao consumidor através da mercadoria, que assim se reveste de poderes mágicos, deixando o consumidor inativo. Este, cada vez mais privado do papel de produtor de coisas úteis, é restaurado como produtor de efeitos simbólicos somente na medida em que aceitar o papel de consumidor. Em outras palavras, o processo orgânico original de interação entre o homem e a natureza, que resultava na produção de meios de subsistência, foi substituído por um processo alienado de "manufaturar" uma identidade mediante o consumo de mercadorias.

Examinaremos agora dois dos sistemas referenciais mais comuns explorados pela propaganda — a natureza e a história —, a fim de investigar a maneira concreta como esses fenômenos são transferidos às mercadorias sob a forma de significação simbólica.

A natureza e o "natural"

Se, a bem da argumentação, supusermos por um momento que podemos olhar para a propaganda de uma posição de ingênua inocência, como esperaríamos que o fenômeno da natureza aparecesse nos anúncios?

A inocência, provavelmente, nos levaria a pensar que a natureza é algo permanente, como se não mudasse pela intervenção da cultura humana, como uma força que existe independentemente da cultura; em conseqüência, imaginaríamos o comportamento "natural" ou um fenômeno "natural" como algo intacto e livre da interferência dos homens.

No entanto, não é preciso expor-nos por muito tempo à propaganda para chegarmos a uma transição bastante abrupta da ingênua inocência para o desengano da experiência, passando talvez por um estágio de crescente perplexidade à medida que formos vendo os anúncios.

Um anúncio da Mary Quant (*Cosmopolitan*, julho de 1977) oferece à leitora assistência prática em cosméticos para a pele. Ao tomar conhecimento da gama desses produtos que aí se diz serem necessários para "parecer que você está no melhor da moda, a cada minuto do dia", não podemos deixar de surpreender-nos ao saber que só *depois* da aplicação do creme de limpeza, do tonalizador, do umectante, da base e do pó de arroz é que "Blushbaby dá a seu rosto uma luminescência natural". Que significa "natural", aqui?

Recuperamos um pouco da nossa inocência, entretanto, ao ler as primeiras frases de um anúncio de maquilagem Miners (*ibid.*): "A melhor aparência parece acontecer naturalmente. Nada de presunção, nada de forçar efeitos especiais." Não obstante, tratando-se de publicidade de um cosmético, é preciso sugerir um compromisso entre o natural e o artificial que reduz ao mínimo o papel da maquilagem artificial: "Uma boa porção de você, um pouco de Miners... de tal modo que o resultado final é apenas você, naturalmente." Nesse estágio, provavelmente já começamos a entender que no universo da propaganda não há nenhuma contradição entre o natural e o artificial – ou antes, os processos de significação da publicidade vivem numa luta incessante para negar essa contradição e até para nos convencer de que ao *Natural Look* ("Aparência Natural") só se chega *por meio de* cosméticos. Não admira que "Aparência Natural" signifique querer parecer que acabamos de chegar de um jardim campestre "após oito medonhas horas de trabalho, além do engarrafamento do trânsito" (Miners). Mais uma vez, não nos explicam *por que* é sempre desejável parecer que "acabamos de chegar de um jardim campestre"? E *por que* será essencial dissociar a beleza artificial da "presunção"?

O último exemplo do abismo que separa o organismo natural do ideal publicitário do "natural" é um anúncio de cosmético para os olhos (*Cosmopolitan*, julho de 1977). Baseia-se no gosto das leitoras pelo ilógico, para que aceitem que, muito embora "a maquilagem escura e pesada dos olhos pareça estar fora de moda... a aparência natural do olhar limpo exige quase o mesmo tempo para ser obtida". Quer dizer, a aparência natural é uma coisa que se consegue por meio de um processo laborioso. Quanto às sobrancelhas, parte-se do princípio de que se deseja depilá-las ou aumentá-las (pelo menos, o anúncio tem a liberdade de permitir essa opção): "Depois que você as depilou ou aumentou segundo o modelo da sua preferência, trate de acentuá-las." Portanto, considera-se inconcebível que alguém queira deixar as sobrancelhas como a natureza as fez.

O anúncio insinua ainda que a resposta à primeira pergunta deve ser procurada no papel social das mulheres numa sociedade patriarcal. Ao indagar "como é que você suporta uma vigilância tão estreita?", procura alimentar o medo que as mulheres têm de não corresponder às expectativas, de fracassar numa oportunidade de relação amorosa ou de trabalho pelo fato de não seguirem o modelo.

Para responder à segunda questão, sobre as causas culturais da avaliação explícita da natureza e do natural, temos de ir além desses fenômenos, tal como eles aparecem na publicidade, e considerar a inter-relação entre natureza e cultura no conjunto da civilização ocidental.

"A natureza é o referente primordial de uma cultura", diz Williamson (1978:103), pois uma cultura nada mais é que a natureza transformada a fim de preencher as necessidades dos homens: "Se uma cultura busca a sua origem, portanto, somente o pode fazer pela representação da transformação que ela operou na natureza – ela só tem significado em termos do que *modificou*" (*ibid.*). A base do crescente papel simbólico da natureza é a distância cada vez maior que vai da sociedade à sua "matéria-prima" natural, devido ao desenvolvimento industrial e tecnológico. "O natural" surge inicialmente como um valor positivo no século XVIII, quando se torna indispensável legitimar o comportamento urbano alienado, invocando a sagrada relação com a origem natural.

Por conseguinte, o anseio pelo ideal natural é entendido como a crítica simbólica de uma cultura que vem substituindo cada vez mais o natural pelo sintético. Suspenso entre essa consciência crítica e a necessidade econômica de dar rédeas soltas a uma expansão industrial ininterrupta, o dividido ideal do "natural" incorpora "a tensão inerente de uma sociedade que devasta o mundo natural e viola igualmente as necessidades naturais do homem, mas procura representar suas atividades *como* naturais e, portanto, invioláveis" (Williamson, 1978:110).

Como ficou claro na análise dos três anúncios desta seção, o "natural" é um conceito que não precisa ter muita coisa a ver, se é que tem alguma, com a natureza. É o que se torna ainda mais evidente num anúncio de papel higiênico, o qual declara que, se usam papel higiênico suave em casa, "nada mais natural que as pessoas esperem encontrá-lo no trabalho" (*Sunday Times Magazine*, julho de 1977).

Todos esses exemplos comprovam uma (não muito recente) alteração semântica, pela qual o sentido de "natural" se tornou simplesmente o grau de aproximação da natureza que uma cultura especificamente histórica define como desejável, uma "justificação para tudo quanto a sociedade aprova e deseja" (Williamson, 1978:123). Estabelece-se uma relação de equivalência entre o "natural" e o moralmente aceitável – o normal e o óbvio, de um lado, e o "desnatural" e o divergente, de outro. A igualdade entre o óbvio e o natural é deliberadamente explorada por anúncios que usam o advérbio "naturalmente". Asseverando que a tintura para cabelo Schwartzkopf "faz os tons naturais parecerem melhor – naturalmente!" (*Cosmopolitan*, julho de 1977), certo anúncio explora a ambiguidade do "naturalmente" entre uma proposição modal e um advérbio de modo: "naturalmente" (modal), os tons naturais parecem melhor e, se os tons forem transferidos para o nosso cabelo "naturalmente" (modo), não há meio de, nesse processo, nos tornarmos artificiais. Quando a propaganda o emprega, o "natural", por consequência, torna-se um mecanismo que permite à cultura apropriar-se das qualidades positivas associadas com a natureza e fazer essas qualidades, desprovidas da respectiva substância, aderirem aos produtos de fabricação industrial.

Ao analisarmos os anúncios que se baseiam no "natural", nossa intenção é desenredar esse mecanismo ideológico para demonstrar como a justificação das atuais formas de comportamento e de consciência tem um efeito conservador sobre o processo de mudança social. Na medida em que aceitarmos tais formas como "naturais", também as consideraremos não só desejáveis como inevitáveis.

A ideologia do "natural": quatro variantes

Natureza e "natural" ocorrem na publicidade em quatro variantes:

1. Na primeira, afirma-se que a natureza constitui um *ingrediente da produção* ao qual se dá importância e significado em termos das matérias-primas naturais. A tentativa de igualar fonte natural e mercadoria pode ser analisada num anúncio que alega que "somente ingredientes naturais dão a Blue Band seu gosto suave" (*Cosmopolitan*, julho de 1977) e em outro exemplo, de 1982, que recomenda *cremes rinse* que "devolvem a vitalidade e o brilho que a vida moderna tende a eliminar do seu cabelo. E o fazem com ingredientes puros e naturais".

Na sua maioria, os alimentos e os produtos de beleza incidem nessa categoria, em que a essência da natureza, por assim dizer, está embutida no produto. Em alguns casos extremos, a equiparação entre matéria-prima e mercadoria parece justificada: por exemplo, um anúncio da água mineral Perrier pode, legitimamente, reivindicar que o produto é natureza pura: "Nada lhe foi acrescentado nem retirado", é "um precioso dom da Natureza" que "brota naturalmente ao espírito" (*Cosmopolitan*, julho de 1977). O mesmo se pode dizer de Cerebos Salt, em que a intervenção do homem no "processo de produção" é mínima: "O mar o faz. O sol o seca." (*Sunday Times Magazine*, julho de 1977).

2. Muitos anúncios apresentam as mercadorias como *aperfeiçoamentos da natureza*, ou seja, como algo superior à respectiva fonte natural. Quando se trata de um anúncio de produtos de beleza, propõe-se dar uma mão à natureza (humana). Assim, um anúncio que promete que a tintura de cabelo só "melhorará o que a natureza lhe deu" parte do princípio de que, no fundo, todos nós somos naturalmente perfeitos – apenas nos falta o produto como agente catalisador para que isso se manifeste.

Outros anúncios de produtos de beleza desse tipo partem da pressuposição de que a natureza não faz ninguém perfeito; só se chega à beleza perfeita com o uso de cosméticos, que são necessários porque é vital que a mulher faça os outros *acreditarem* que ela é naturalmente linda e, por isso, invejável:

"Ninguém é perfeito", diz Mary Quant.

"Admitamos, a maior parte gostaria de melhorar um pouco a natureza. Especialmente se pensarmos que podemos conseguir isso sem que ninguém repare."

3. Muitos anúncios, na realidade, *contrariam os processos naturais* em nome do "natural". É o caso do anúncio para tintura de cabelo masculino que afirma ser capaz de restaurar "seu aspecto natural e juvenil" o que implica que o cabelo grisalho não é natural – e não é, claro, se "natural" for entendido como sinônimo de "desejável" ou "prestigioso".

A essa categoria pertencem também os anúncios de vestuário, cujo valor de uso primordial é antes uma questão moral do que material – por exemplo, biquínis e sutiãs. A discrepância entre a natureza e o "natural" se torna excepcionalmente clara num exemplo citado por Williamson: o título de um anúncio de sutiã dizendo que a mulher que o usar "parecerá muito natural, mas não nua" (Williamson, 1978:121).

Figura 38 Tampax
Cosmopolitan, outubro de 1981

Pelo menos um problema ela não tem.

Ninguém faz tampões como nós. E pensamos que nenhum outro pode lhe dar tanto conforto.

Ou tanta tranqüilidade. Por várias razões. Primeiro, o aplicador permite que você posicione corretamente o tampão, para que se sinta sempre confortável e natural.

À medida que se expande, o tampão assume um formato que se casa perfeitamente com os contornos internos de seu corpo. Porque, ao contrário dos outros, nosso tampão se expande de três maneiras: não só na largura, mas também no comprimento e espessura. Isso lhe assegura mais conforto e proteção.

Quer dizer, se você tiver problemas, Tampax não será um deles.

Os anúncios de absorventes higiênicos também se incluem nessa categoria quando procuram unir o efeito do produto ao "natural". A jovem do Tampax (fig. 38) acaba por estar em péssima situação, lutando contra a rude natureza externa, mas não tanto, pois é ajudada por Tampax no combate contra sua natureza interna.

4. Na última categoria, temos os anúncios que procuram vender produtos sem a menor conexão com a Natureza *impondo a Natureza como um referente*. É o que nos ilustra um anúncio da Peugeot (*Cosmopolitan*, julho de 1977): um automóvel situado em belo cenário silvestre, uma romântica imagem da natureza que se destina a ser vagamente associada ao carro, talvez por amálgama com os valores implícitos no leão, o símbolo da Peugeot.

Cumpre salientar, neste ponto, que as quatro categorias não se excluem mutuamente; o uso que elas fazem da natureza pode estar presente ao mesmo tempo em anúncios, como é o caso de "Nature's Riches" (*ibid.*), cujas quatro variedades de condicionador são "enriquecidas por creme de abacate", "acariciadas por Strawberry Shine" e assim por diante (categoria 1); ao mesmo tempo, os condicionadores "melhoram o seu cabelo", "restaurando sua maciez" (categoria 2).

Cabe ainda ressaltar que nem sempre é à "mesma" natureza que se faz referência. Em certos casos o que se explora é a natureza física dos seres humanos (categorias 2 e 3), em outros é a autêntica natureza "selvagem" (categorias 1 e 4) e em outros, ainda, é a natureza cultivada, na forma de jardins e campos (categorias 1, 2 e 4).

História

Diante de um anúncio de cigarros Camel (*Penthouse*, setembro de 1980), seria o caso de o leitor perguntar que relação poderia ter certa marca com a Esfinge? Normalmente, não faríamos semelhante indagação, pois já nos acostumamos a ver mercadorias justapostas a objetos e cenários desconcertantes. Mas, já que estamos tratando dos processos de significação da propaganda, temos que nos desacostumar daquilo que se afigura como perfeitamente linear à primeira vista. Simplesmente, estamos diante de outro exemplo de transferência de valor (cf. pp. 236-41). As associações que a peculiaríssima marca Camel traz à mente e a pirâmide amarelo-alaranjada do maço sugerem uma conexão com o Oriente Médio e o antigo Egito, a qual é reforçada pelo céu amarelo-alaranjado atrás da Esfinge. Para ajudar os leitores menos argutos, vê-se a silhueta de um camelo contra o céu, tornando clara a conexão Camel/camelo → deserto → Egito. Explora-se também o mito da solução do enigma da Esfinge, declarando-se que Camel "solucionou" o problema de criar "sabor com baixo teor de alcatrão", o que talvez constitua um enigma obscuro para alguns fumantes.

O anúncio exemplifica a forma básica de exploração da história em mensagens comerciais: uma vez que o presente é vivenciado como insuficiente, os anúncios projetam imagens de uma história mítica e imprecisa para conferir autoridade cultural às mercadorias.

Uma segunda forma de exploração ideológica ocorre num anúncio de um creme para a pele que recomenda o produto através de uma referência histórica: o povo do Antigo Egito descobriu as propriedades umectantes de certa planta, que se acredita neutralizar os efeitos do sol e do vento sobre a pele. Na sua maioria, as pessoas que vivem no meio urbano da atualidade raramente se expõem aos efeitos danosos de semelhante origem. Por isso mesmo, as causas de seus problemas de pele devem ser procuradas no ambiente atual, o qual inclui – supõe-se – tanto a poluição industrial como a cosmética. Menosprezando essas causas e mencionando apenas os antigos egípcios, a referência histórica diminui a urgência dos problemas (dermatológicos) contemporâneos, atribuindo-os a causas imemoriais e universais.

Mas a propaganda também usa a história de maneira sutil. O anúncio das assadeiras Pyrex (fig. 27), redigido em linguagem de operários, explora de maneira chistosa o conhecimento dos leitores sobre o relacionamento da gente da alta roda e do pessoal de baixo, mas esvazia esse conhecimento de conteúdo histórico apresentando o produto como a causa histórica do desaparecimento das empregadas domésticas: "com as vasilhas de vidro transparente, decorativas, pessoas de classe começaram a querer cozinhar e a servir-se pessoalmente". Assim, o anúncio da Pyrex exemplifica o emprego da história como um "sistema referencial", um complexo de significação ao qual alude sem a sua substância, concha vazia que se usa para dar categoria ao produto.

Dirigido aos descendentes de "Ethel", o texto apresenta também implicações de consciência de classe: as antepassadas da leitora não pertenciam ao grupo de pessoas que tinham a vida simplificada por "Ethels", até que começaram a gostar de cozinhar para si mesmas depois da invenção da Pyrex. No entanto, é com essas pessoas que a leitora da classe operária é solicitada a identificar-se, imitando-as. Depois de obter a aprovação da patroa, agora a Pyrex se oferece a "Ethel".

Não nos deve escapar o tom humorístico do anúncio, por exemplo, no parágrafo final, que começa "Se sua empregada foi embora" e na surpreendente equiparação de um ser humano a um utensílio de cozinha: "Antes das vasilhas Pyrex, havia uma coisa quase tão útil chamada Ethel. Se você possuía uma Ethel..." Cabe agora perguntar se a distorção da história é suavizada por essas passagens. O assunto é discutível, mas, a nosso ver, não é esse o caso. Desde que a brincadeira, sobretudo, joga claramente com as pessoas da classe baixa (*downstairs*), a quem a história "promoveu" da condição de empregados domésticos à de operários assalariados, o efeito do humor é, na melhor das hipóteses, insignificante.

PROPAGANDA "RECUPERADORA"

Nos subcapítulos sobre a natureza e a história, vimos como a propaganda explora outros sistemas de significação como "sistemas referenciais", reduzindo o natural a sinônimo de desejável e distorcendo processos e fenômenos históricos. Mesmo desprovendo esses complexos de significado de seu conteúdo próprio, os anúncios conservam uma vaga aura do complexo de que estão tratando a fim de se apropriar da respectiva autoridade e de transferi-la a um produto.

Pelo fato de ignorar a substância dos significados de que se apropria, a propaganda é capaz de recorrer aos mais improváveis referentes e até mesmo de usar "idéias, sistemas, fenômenos da sociedade cujo conteúdo real e contexto conceitual é hostil à propaganda e, na aparência, totalmente alheio a ela. Mas, quanto mais hostil, melhor a propaganda o usa, pois ela se recupera das críticas de forma verdadeiramente miraculosa"

(Williamson, 1978:170). Essa *capacidade de recuperação* da propaganda pode ser definida como a capacidade para assimilar ou neutralizar atitudes hostis, capacidade para recuperar-se após um golpe *através* do golpe, fazendo com que ele sirva aos seus objetivos. Essa capacidade pode ser orientada quer no sentido de ataques críticos a fenômenos sociais, como a sociedade de classes e a repressão a mulheres e negros, quer no sentido de críticas à própria propaganda.

Recuperação das críticas sociais

Os movimentos Women's Lib e Black Power baseiam-se em atitudes altamente críticas, se não antagônicas, às normas de comportamento e à desigual distribuição de privilégios na sociedade de consumo ocidental que a propaganda parece resumir. No entanto, isso não torna esses movimentos imunes à exploração das estratégias de vendas da propaganda.

Numa campanha publicitária de cigarros, instaura-se um contraste entre uma situação histórica em que as mulheres não podiam fumar e uma fascinante mulher moderna fumando um cigarro. Em alguns anúncios, a mulher aparece sorrindo incrédula à idéia das restrições do passado, enquanto o anúncio lhe lembra que ela vem de uma longa caminhada. Agora, o texto cumprimenta as mulheres por terem conquistado junto aos homens o direito de fumar. Equiparando o Women's Lib a reivindicações como o direito de fumar, o anúncio serve para reduzir à insignificância um importante movimento histórico, projetando o que não passava de pequeno efeito colateral como uma grande realização da luta de libertação das mulheres. Apresentando esses cigarros como um símbolo de emancipação e, portanto, como a opção natural da mulher que se imagina liberada, o anúncio ergue um muro em torno do movimento feminista, cerceando-lhe a perspectiva mais radical.

Em sua atitude alegadamente positiva em relação à emancipação feminina, essa campanha publicitária assemelha-se ao anúncio de uma companhia de seguros que oferece um "Plano Individual de Poupança para Mulheres" (*Cosmopolitan*, julho de 1977). Esse anúncio adapta claramente suas estratégias de vendas para conquistar o mercado das mulheres liberadas, recorrendo, por exemplo, ao "discurso" do Women's Lib: "Planejado por mulheres, somente para mulheres, visando apenas ao interesse das mulheres." Assim, uma companhia de seguros como as outras se apresenta como a vanguarda da liberação feminina, ajudando as mulheres a consolidar sua nova posição de independência.

O anúncio dos perfumes de Elizabeth Arden (fig. 39) usa um tom de voz mais recriminador e enfadonho, com o título indagando "Por que uma mulher não pode ser como uma mulher?". O primeiro parágrafo do texto revela que a pergunta parece ter sido feita por um homem, o que a transformará numa advertência: os homens acham que o Women's Lib foi longe demais: uma bela mulher não é obrigatoriamente atraente, pelo menos se "ela pensa como um homem, age como um homem. Por que ela não pode ser mais mulher?"

Para formular essas duas indagações, a fonte que está por trás delas deve pensar que tem acesso ao verdadeiro significado da feminilidade: por que uma pessoa que é biologicamente mulher não aceita as normas estabelecidas do comportamento feminino? É provável que pouquíssima gente ache que as mulheres venham a conquistar a igualdade imitando o comportamento masculino. E talvez ainda menos gente ousaria

Why can't a woman be like a woman?

A man was explaining why he didn't find a particularly beautiful young woman attractive. "Because she thinks like a man, she acts like a man. Why can't she be more of a woman?"

In fact, there's never been a more rewarding time to be a woman. To get the best of both worlds. To be feminist and feminine.

Today's woman gets the job because of her ability and not by fluttering her eyelashes. She'll share the bill at lunch, but not at dinner.

She has a new confidence. But she waits for him to open the door.

She can make decisions. But she knows when to let others think they've made them.

Elizabeth Arden has a fragrance for today's woman. It's called Cabriole. It's not meant to change her life, rather it's meant to become part of it. It's for her private moments as well as her public moments. It's for the woman she is.

Cabriole Eau de Toilette and Parfum de Toilette.

Cabriole is full of delicious contradictions. Exactly like the woman who's clever enough to enjoy being a woman.

Dedicated to your beauty.

Por que uma mulher não pode ser como uma mulher?

Um homem explicava por que não achava atraente uma determinada jovem particularmente bonita: "Ela pensa como um homem, age como um homem. Por que ela não pode ser mais mulher?"

Na realidade, nunca houve época melhor para uma mulher ser mulher. Extrair o melhor dos dois lados. Ser feminista e feminina.

Hoje a mulher consegue emprego por sua capacidade, não por revirar os olhos. Divide a conta do almoço, mas não a do jantar.

Tem uma nova confiança em si mesma. Mas espera que ele abra a porta.

Está apta a tomar decisões. Mas sabe quando deixar que os outros pensem que foram eles que as tomaram.

Elizabeth Arden tem uma fragrância para a mulher de hoje. Ela se chama Cabriole. Não para mudar sua vida, mas para fazer parte dela. Para a vida social e para os momentos íntimos. Para a mulher que ela é.

Cabriole Eau de Toilette e Parfum de Toilette.

Cabriole é cheia de deliciosas contradições. Exatamente como a mulher que é inteligente o bastante para gostar de ser mulher.

Dedicada à sua beleza.

Figura 39 Cabriole
Cosmopolitan, julho de 1978

formular as regras de uma nova identidade da mulher liberada. No entanto, esse é o projeto empreendido pelo anúncio, cuja solução é muito simples: a liberação e a igualdade dizem respeito à esfera do trabalho, mas no âmbito da vida particular nada de básico se modificou, de modo que você pode "extrair o melhor dos dois lados". Ser feminista e feminina", dois conceitos nitidamente expostos numa série de paralelos sintáticos:

feminista
"consegue o emprego, capacidade"
"divide a conta do almoço"
"uma nova confiança em si mesma"
"toma decisões"

feminina
"revirar os olhos"
"mas não a do jantar"
"espera que ele abra a porta"
"deixa que pensem que eles as tomaram"

Quando esse tipo de mulher precisa de um perfume, como as mulheres sempre precisaram, sua opção natural é Cabriole, uma fragrância "cheia de deliciosas contradições. Exatamente como a mulher que é inteligente o bastante para gostar de ser mulher". O anúncio, portanto, dirige-se às mulheres engajadas numa luta histórica, às vezes dolorosa, por uma nova identidade, assegurando-lhes que tal luta é compatível com uma identidade feminina tradicional, situada na transistória.

O alisador de cabelo Londun Line, discutido nas pp. 222-3 (fig. 36), explora de modo cínico o lema do Black Power, *Black is beautiful* ("Negro é bonito") para atingir a identidade negra, principalmente para recorrer ao emprego ambíguo de "Black" (Negro) e "black" (cor preta).

Para ser negro não basta ter cabelo e pele de cor preta: a identidade da raça negra compreende outros traços, como o cabelo encarapinhado. O anúncio da Londun Line pretende que indivíduos da raça negra (*Black*) e cor preta (*black*) são idênticos, o que faz do cabelo preto uma justificativa suficiente para aderir ao lema *Black is beautiful*. Esse expediente aumenta o número de compradores em potencial, pois supõe-se não ser incompatível com a identidade da raça negra o fato de ter o cabelo liso. Com isso o anunciante se sente apto a perverter o lema, colocando descaradamente o efeito do seu produto na posição inicial: "Liso, Negro e Bonito."

Esse anúncio demonstra como um anunciante suficientemente audacioso para mencionar a principal objeção ao seu produto (a identidade e o orgulho dos negros) consegue efetivamente neutralizá-la, reduzindo-a a um inofensivo instrumento comercial.

Recuperação da crítica à propaganda

"Você vê anúncios com essas modelos maravilhosas, tremendamente graciosas, com uma pele espetacular, então pensa, 'vou ficar assim em uma semana', e sai correndo para comprar, mas você não sabe que aqueles rostos estão debaixo de dois dedos de maquiagem."

Esse anúncio, e muitos outros como ele, comprova a desconfiança generalizada do público em relação à propaganda, a certeza de que ela nos induz a comprar fazendo afirmações exageradas e apresentando ilustrações enganadoras. Demonstra também que algumas peças publicitárias são capazes de reverter a desconfiança na instituição da propaganda em benefício próprio, dando a entender que ficam do lado do consumidor e contra a desinformação de outros anúncios.

O texto em questão dá como assentada a posição dos consumidores de que não se pode confiar na propaganda, mas só se *refere* a essa posição de uma forma destinada a ratificar esse anúncio em especial, isentando-o da aura da não-confiabilidade. As tentativas feitas pela propaganda para se tornar imune à crítica costumam assumir essa forma de grave censura aos anúncios mentirosos. Mais raramente, parodia outros anúncios usando sua estrutura ou conteúdo ao contrário, mas poucas vezes com a elegância e o espírito da Smirnoff (fig. 40).

Esse exemplo pressupõe uma familiaridade com o meio da propaganda e até com as campanhas anteriores da Smirnoff, pois sua eficácia depende desse conhecimento do leitor. Anteriormente, a Smirnoff lançara uma série de anúncios que ilustravam os incríveis efeitos provocados pelo consumo da vodca Smirnoff, os quais foram proibidos por fazerem afirmativas exageradas. Um deles prometia ser capaz de elevar pessoas de baixa condição à altura dos círculos internacionais: *I was Mr. Holmes of Household Linens until I discovered Smirnoff... The effect is shattering* (citado por Williamsom, 1978:176). ("Eu era o Sr. Homes da Household Linens até que descobri a Smirnoff... O efeito é esmagador)."

Tanto esse anúncio como os outros da série exploram os anteriores por fazerem afirmativas hiperexageradas sobre o produto, reivindicações tão improváveis que provocam o riso do leitor – que se lembrará deles pela inventividade como contornaram a proibição e se aproveitaram dela em benefício próprio. Ao mesmo tempo, o leitor tem o prazer de descobrir uma solução para a brincadeira: a mulher era uma passageira do Titanic e pediu uma vodca Smirnoff, a qual provocou a *shattering effect* ("efeito esmagador") (cf. os anúncios anteriores) de afundar o Titanic. Por isso a mulher se vê em plena água,

Figura 40 Smirnoff
Mayfair, agosto de 1977

"Bem, disseram que tudo podia acontecer."

lamentando não ter acreditado no pessoal da Smirnoff, quando eles "disseram que tudo podia acontecer" – mas, supõe-se, convencida dos poderes mágicos da vodca. (Segundo Mower, 1981, esse anúncio foi proibido pela Advertising Standards Authority, que o considerou profundamente ofensivo aos parentes dos mortos no naufrágio do Titanic.)

REFORMAR A PROPAGANDA?

Diante dos exemplos como o que acabamos de analisar, muitos estudiosos e críticos fazem estimativas bem pessimistas sobre a possibilidade de regulamentação da propaganda:

> Os anúncios (ideologias) são capazes de incorporar tudo e até reabsorver as críticas que lhes são feitas, porque se referem a elas como se fossem vazias de conteúdo. Considerado em seu conjunto, o sistema da propaganda é um grande recuperador: trabalha sobre todo e qualquer material, passando incólume tanto pelas leis reguladoras da propaganda como pelas críticas à sua função básica.

(Williamson, 1978:167)

Mesmo concordando com essa avaliação do sistema da propaganda, desejamos apresentar o único anúncio do nosso painel que se afigura uma exceção à regra geral, pois não só reage às críticas do consumidor com recuperação como ainda adapta as críticas para servir realmente aos interesses do consumidor.

Mostrando vários xampus de concorrentes não-identificados, em combinação com um título humorístico e clássico, bem como uma seqüência crítica no texto, o anúncio do xampu para bebês Johnson (fig. 41) deixa claro que toma o lado dos consumidores contra os ridículos "ingredientes silvestres naturais" de sabões e poções de beleza: o foco volta aos valores de uso material após uma longa excursão aos reinos mais exóticos de ervas e frutos.

Todos os extratos de maçã, germe de trigo, etc., são ali classificados como "aditivos estranhos", ingredientes exóticos e assim por diante, menosprezando francamente as marcas que oferecem diferentes variedades para cabelo seco, normal, gorduroso e solto, ao declarar que, mudando-se a dosagem do mesmo tipo, o efeito será o mesmo.

Por um lado, conseqüentemente, o anúncio demonstra que a propaganda não é um fenômeno ideológico estático, mas acomoda flexivelmente suas mensagens para seguir o clima instável da opinião dos consumidores. Diante da crescente consciência crítica da poluição, os inspiradores do anúncio tiveram a sensibilidade de compreender que, para certos consumidores, os "aditivos", mesmo considerados "naturais", estão deixando de ser um pequeno problema para se tornar uma ameaça. Por isso trataram de cavar uma trincheira para eles no mercado onde a persuasão segue linhas diferentes do restante. Se continua a ser uma trincheira ou se se converte em cabeça-de-ponte para incursões no território vizinho, eis o que, no essencial, cabe a fatores alheios à propaganda decidir.

Por outro lado, apesar de sua honestidade, esse *é* um anúncio cuja finalidade principal consiste em induzir-nos a comprar. Se não quisermos ser colhidos de surpresa, temos de ser tão críticos em relação a este como a outros menos honestos: sendo tão depreciativo dos aditivos dos outros xampus, por que a Johnson não revela exatamente quais são os seus ingredientes?

O que esse anúncio mostra, assim como os anteriores (Cabriole, Londun Line, Smirnoff), é que a propaganda é susce-

Figura 41 Johnson's Baby Shampoo
Cosmopolitan, julho de 1977

Yes, nós não temos bananas.

Nem saímos à procura de outros aditivos estranhos.
Não há lugar para eles num xampu tão puro e suave como o JOHNSON'S Baby Shampoo.
Ele limpa seus cabelos sem tirar a oleosidade natural ou deixar uma oleosidade artificial. Por isso, toda a saúde e beleza de seus cabelos continua intensa.
Se eles forem ligeiramente oleosos, use mais xampu; caso contrário, use menos.
Naturalmente, sempre vão existir pessoas atraídas por xampus com ingredientes exóticos.
Mas para aquelas que acham melhor deixar os aditivos de lado, existe o JOHNSON'S Baby Shampoo.
O único que não vai transformar os seus cabelos em bananas.

O shampu mais puro e suave que seu dinheiro pode comprar.

tível de autênticas mudanças; e mostra também, indiscutivelmente, que há limites para a extensão de tais mudanças. Ela é capaz de se adaptar com facilidade às críticas dos consumidores a certas matérias-primas – o que exige apenas a substituição de um ingrediente por outro –, mas é-lhe impossível adaptar-se às críticas sociais e políticas sem pôr em risco as bases da ordem social em que repousam o capitalismo e a própria propaganda. Nesse caso, cabe-lhe utilizar sua capacidade de recuperação para neutralizar as críticas.

Na revista norte-americana *Ms Magazine* há uma página intitulada *One Step Forward* ("Um Passo à Frente"), com uma seleção de imagens publicitárias positivas "que provam que a mudança é possível – mantendo vivo o otimismo" (comentário editorial, abril de 1981). Na mesma edição, *One Step Forward* saúda os anúncios "que reconhecem o potencial de carreira tanto dos rapazes como das moças" – um deles, por exemplo, apresenta uma menina de dois anos acompanhada da frase: "O futuro presidente dos Estados Unidos merece um lugar bonito e seco para crescer. E não há fraldas mais secas do que Quilted Pampers." Em outras edições, a página mostra um pai empurrando um carrinho de bebê, relações femininas sem a menor competição e assim por diante.

Tais anúncios, em nossa opinião, devem ser preferidos à maioria das atuais imagens publicitárias, mas todos os que pretendem ver apenas um maior número de "anúncios positivos" parecem esquecer um aspecto básico da propaganda: seus efeitos não são apenas uma consequência do desvirtuamento, digamos, do papel das mulheres e do papel dos homens, mas, antes de tudo, uma consequência do desvirtuamento das relações e sentimentos *humanos*, que ela torna dependentes de mercadorias compradas. Ao vincular nossas relações e sentimentos a mercadorias, a publicidade estabelece os limites de tais relações e sentimentos, cerceando nossa espontaneidade. Devido às suas imagens fascinantes, a propaganda tende a transformar todas as reações humanas em poses autoconscientes e predeterminadas.

A preocupação pelas imagens coloridas da propaganda é partilhada por Williamson (1978:175), que se interessa não só pelo fato de elas funcionarem como modelos de comportamento mas também por seus mecanismos de persuasão. Williamson é muito pessimista quanto à idéia de reformar a propaganda:

> Você pode não acreditar realmente que um pequeno ingrediente vai transformar o seu alimento num prato cinco-estrelas, mas as *imagens* do marido e do filho gratos, famintos e elogiosos, comendo vorazmente uma nutritiva refeição preparada pela mulher, permanecem muito depois de esquecidas as afirmações feitas em favor do produto... quaisquer que sejam as restrições que se façam ao seu conteúdo verbal ou às suas "falsas qualidades", não há meio de apagar o seu uso como imagens e símbolos.

A menos que você concorde com a proposta, extraída de uma pesquisa sobre a representação do papel dos sexos na publicidade, encomendada pelo *Ombudsman* dos Consumidores da Dinamarca, sugerindo que se proíba toda e qualquer representação de seres humanos em anúncios.

As vantagens de tal proposta podem ser ilustradas por um anúncio da Hoover (fig. 42). Da forma como aparecem na página, os utensílios de cozinha estão ligados ao rosto da mulher pela mensagem em relé (cf. pp. 48-50) segundo a qual devemos "exigir Hoover para beleza e confiabilidade". Sem o destaque da pequena foto da mulher, teríamos que fugir ao absurdo da ambigüidade de "beleza", ficando com um anúncio bastante

Figura 42 Hoover
Woman, outubro de 1977

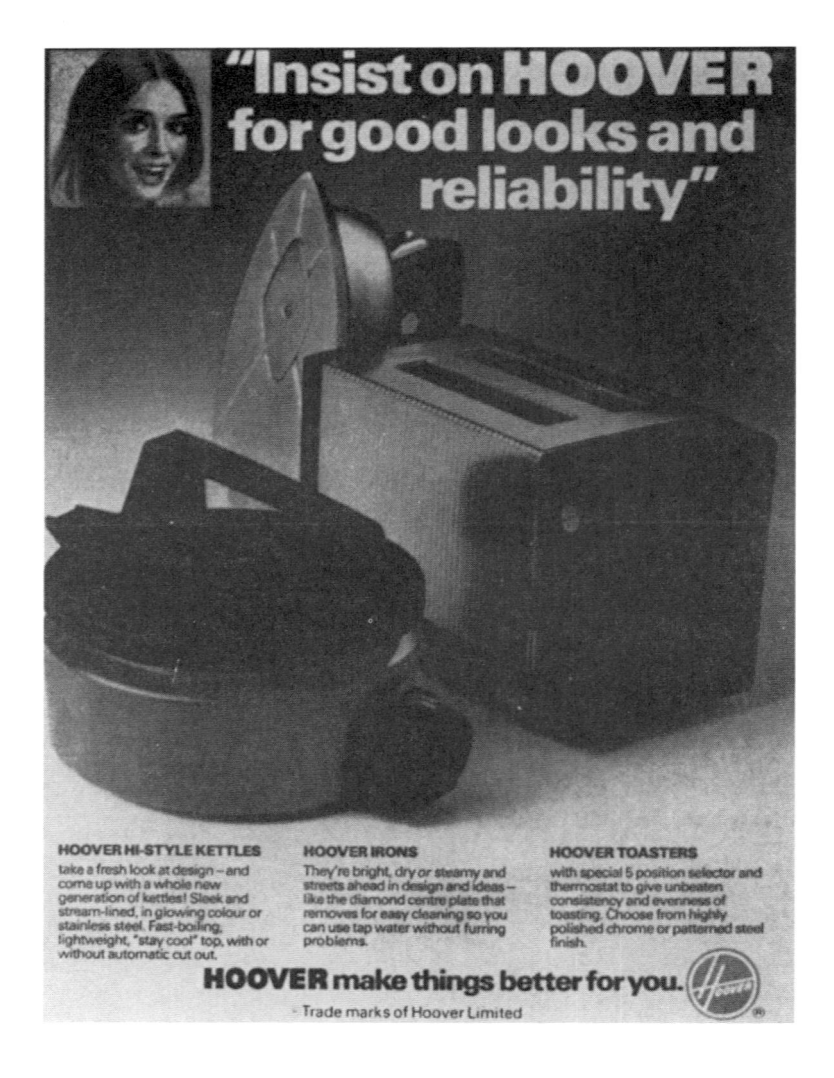

"Exija HOOVER para beleza e confiabilidade"

CHALEIRAS HOOVER
Repare no design e venha para uma nova geração de chaleiras! Formato agradável e funcional, em cores vivas ou em aço. Fervura rápida, leves, tampa que não aquece, com ou sem desligamento automático.

FERROS DE PASSAR HOOVER
Brilhantes, secos ou a vapor. Muito à frente em côncepção e design. Chapa central em diamante, removível para maior facilidade de limpeza — assim você pode usar água da torneira sem ter problemas com manchas.

TORRADEIRAS HOOVER
Com seletor especial de 5 posições e termostato, para assegurar consistência e torração homogêneas. Em cromo polido ou acabamento em aço.

HOOVER torna as coisas melhores para você.

sóbrio que apresenta boas fotos dos utensílios, complementadas por algumas informações úteis – que, evidentemente, poderiam ser maiores, para mais ampla vantagem do consumidor. Contudo, por maiores que sejam as restrições feitas às partes visual e verbal dos anúncios, em separado, jamais estaremos certos de alcançar o objetivo de escapar ao seu logro de individualizar o coletivo. Com ou sem reformas e restrições, a propaganda continua a ser uma instituição comercial cujas mensagens ideológicas vão muito além do mero impacto comercial, sempre prontas a oferecer "uma solução perfeita para o homem que deseja viver em paz com suas fraquezas", ajudando-o a "justificar o embuste, por mais elaborado que seja" (Amplex Breath Freshener, *Mayfair*, agosto de 1977).

BIBLIOGRAFIA

ANDERSON, J. M. *On Case Grammar*. Londres, Croom Helm, 1977.
BARTHES, R. Rhétorique de l'image. *Communications* 4, 1964, pp. 40-51. (Tradução inglesa: Rhetoric of the Image. Em R. Barthes, *Image Music Text*. Londres, Fontana/Collins, 1977, pp. 32-51.)
———. *Elements of Semiology*. Londres, Cape, 1967.
BERGER, J. *Ways of Seeing*. Harmondsworth, Penguin Books e BBC, 1972.
British Press, The, Londres, Her Majesty's Stationery Office, 1976.
BROWN, J. A. C. *Techniques of Persuasion*. Harmondsworth, Peguin, 1963.
CRIPER, C. e WIDDOWSON, H. G. Sociolinguistics and Language Teaching. Em J. P. B. Allen e S. P. Corder, *Papers in Applied Linguistics*. Londres, Oxford University Press, 1975, pp. 155-217.
CULLER, J. *Structuralist Poetics: Structuralism, Linguistics and the Study of Literature*. Londres, Routledge & Kegan Paul, 1975.
CURRAN, J., GUREVITCH, M. e WOOLACOTT, J. (eds.). *Mass Communication and Society*. Edward Arnold and the Open University, 1977.
ECO, U. *Einführung in die Semiotik*. Munique, Wilhelm Fink, 1972. (Original italiano: *La struttura assente*. Milão, 1968.)
———. *A Theory of Semiotics*. Bloomington e Londres, Indiana University Press, 1976.
FAULDER, C. Advertising. Em J. Kind e M. Stott (eds.), *Is this your Life? Images of Women in the Media*. Londres, Virago, 1977, pp. 37-64.
FILLMORE, C. J. The Case for Case. Em E. Bach e R. T. Harms (eds.). *Universals in Linguistic Theory*. Nova York, 1968, pp. 1-88.

———. Some Problems for Case Grammar. *Working Papers in Linguistics* 10, 1971, pp. 245-65, Ohio State University.

FISKE, J. e HARTLEY, J. *Reading Television*. Londres, Methuen, 1978.

FRANKENBERG, R. *Communities in Britain*. Harmondsworth, Pelican, 1963.

GOFFMAN, E. *Gender Advertisements*. Londres, Macmillan, 1979.

GOMBRICH, E. H. *Meditations on a Hobby Horse*. Londres, Phaidon Press, 1963.

GREIMAS, A. J. *Sémantique structurale*. Paris, Larousse, 1966.

HALL, S. Encoding and Ecoding in the Television Discourse. Centre for Contemporary Cultural Studies, Birmingham, *Occasional Papers*, 1973, nº 7.

———. Culture, Media and "the Ideologival Effect". Em Curran *et al.*, 1977, pp. 315-48.

HALLIDAY, M. A. K. Notes on Transitivity and Theme in English, parte 2, *Journal of Linguistics* 3, 1967, pp. 199-244.

———. Language Structure and Language Function. Em J. Lyons (ed.), *New Horizons in Linguistics*, Harmondsworth, Peguin, 1970, pp. 140-65.

———. *Explorations in the Functions of Language*. Londres, Edward Arnold, 1973.

——— e Hasan, R. *Cohesion in English*. Londres, Longman, 1976.

HARRIS, R. e SELDON, A. *Advertising and the Public*. Londres, André Deutsch, 1962.

HAUG, W. F. *Kritik der Warenästhetik*. Frankfurt-am-Main, Suhrkamp, 1971.

HUDDLESTON, R. D. *The Sentence in Written English*. Cambridge, Cambridge University Press, 1971.

JAKOBSON, R. Two Aspects of Language and Two Types of Aphasic Disturbances. Em R. Jakobson e M. Halle, *Fundamentals of Language*. Haia, Mouton, 1656, pp. 69-96.

———. Linguistics and Poetics. Em T. A. Sebeok (ed.), *Style and Language*. Cambridge, Mass., MIT Press, 1960, pp. 350-77. Reimpresso em J. P. B. Allen e S. P. Corder (eds.), *Readings for Applied Linguistics*. Londres, Oxford University Press, 1973, pp. 53-7.

JONES, B. How we Grew along with you. *Cosmopolitan*, março de 1982a.

———. Portrait of you now: *Cosmopolitan* Survey Results. *Cosmopolitan*, março de 1982b.

KEY, W. B. *Subliminal Seduction*. Nova York, Signet, 1973.

KLEIN, V. *Britain's Married Woman Workers*. Londres, Routledge & Kegan Paul, 1965.

LEECH, G. N. *English in Advertising*. Londres, Longman, 1966.

———. *A Linguistic Guide to English Poetry*. Londres, Longman, 1969.

———. *Meaning and the English Verb*. Londres, Longman, 1971.

———. *Semantics*. Harmondsworth, Penguin, 1974.
LUND, J. V. *Newspaper Advertising*. Nova York, Prentice-Hall, 1947.
LYONS, J. *Semantics 1-2*. Cambridge, Cambridge University Press, 1977.
MANDEL, E. *An Introduction to Marxist Economic Theory*. Nova York, Pathfinder, 1970.
MARX, K. *Capital*, 1887, vol. I. Moscou, Progress Publishers.
MCLELLAND, D. *Marx*. Glasgow, Fontana/Collins, 1975.
MILLUM, T. *Images of Woman. Advertising in Women's Magazines*. Londres, Chatto & Windus, 1975.
MILROY, L. *Language and Social Networks*. Oxford, Blackwell, 1980.
MOWER, S. Would you Buy Shoes from Advertising Like this? *Cosmopolitan*, outubro de 1981.
National Readership Survey. Joint Industry Committee for National Readership Surveys (JICNRS), 1976-7.
NORINS, H. *The Complet Copywriter*. Nova York, McGraw-Hill, 1966.
PACKARD, V. *The Hidden Persuaders*. Harmondsworth, Penguin, 1957.
PEIRCE, C. S. *Collected Papers of Charles Sanders Peirce*, editados por C. Hartshorne e P. Weiss, vol. 2: *Elements of Logic*. Cambridge, Mass., Harvard University Press, 1960.
REEKIE, W. G. *Advertising. Its Place in Political and Managerial Economics*. Londres, Macmillan, 1968.
ROMMETVEIT, R. *Words, Meaning, and Messages*. Nova York e Londres, Academic Press, 1968.
Royal Commission on the Press. *The National Newspaper Industry*. Londres, Her Majesty's Stationery Office, 1976.
RYSMAN, A. How the Gossip Became Woman. *Journal of Communication*, inverno de 1977.
SCHOLES, R. *Structuralism in Literature. An Introduction*. New Haven e Londres, Yale University Press, 1974.
SEARLE, J. R. *Speech Acts*. Londres, Cambridge University Press, 1969.
———. What is a Speech Act? Em J. R. Searle (ed.), *The Philosophy of Language*. Londres, Oxford University Press, 1971.
STEVENS, P. *I Can Sell You Anything*. Nova York, Peter Wyden, 1972.
TURNER, E. S. *The Shocking History of Advertising*. Harmondsworth, Penguin, 1965.
WHITE, C. *Women's Magazines*. Londres, Michael Joseph, 1970.
WIDDOWSON, H. G. Directions in the Teaching of Discourse. Em S. P. Corder e E. Roulet (eds.), *Theoretical Linguistic Models in Applied Linguistics*. Bruxelas/Paris, AIMAV/Didier, 1973.

———. *Teaching Language as Communication*. Oxford, Oxford University Press, 1978.

WIGHT, R. *The Day the Pigs Refused to be Driven to the Market*. Londres, Hart-Davis, Mac-Gibbon, 1972.

WILLIAMSON, J. *Decoding Advertisements. Ideology and Meaning in Advertising*. Londres, Marion Boyars, 1978.

WINSHIP, J. "Sexuality for Sale". Em S. Hall, D. Hobson, A. Lowe e P. Willis (eds.), *Culture, Media, Language*. Londres, Hutchinson, 1980, pp. 217-23.

Women and Work. Londres, HMSO, 1974.

YOUNG, M. e WILLMOTT, P. *Family and Kinship in East London*. Harmondsworth, Penguin, 1962.

IMPRESSÃO E ACABAMENTO:
YANGRAF Fone/Fax
6198.1788